U0505341

Annie Ernaux

Le vrai lieu:
Entretiens avec Michelle Porte
Annie Ernaux

真正的归宿

与米歇尔·波尔特的对谈

著

[法] 安妮·埃尔诺

译

黄荭

上海人民出版社

作者简介:

安妮·埃尔诺出生于法国利勒博纳,在诺曼底的伊沃托度过青年时代。持有现代文学国家教师资格证,曾在安纳西、蓬图瓦兹和国家远程教育中心教书。她住在瓦兹谷地区的塞尔吉。2022年获诺贝尔文学奖。

译者简介:

黄荭,南京大学法语系教授、博士生导师,南京大学当代外国文学与文化研究中心副主任,广东外语外贸大学云山讲座教授。主要研究领域为法国当代文学、中法比较文学。主要译著有:《外面的世界Ⅱ》《小王子》《花事》《然而》《我走不出我的黑夜》《多拉·布吕代》等。

"安妮·埃尔诺作品集"
中文版序言

当我二十岁开始写作时，我认为文学的目的是改变现实的样貌，剥离其物质层面的东西，无论如何都不应该写人们所经历过的事情。比如，那时我认为我的家庭环境和我父母作为咖啡杂货店店主的职业，以及我所居住的平民街区的生活，都是"低于文学"的。同样，与我的身体和我作为一个女孩的经历（两年前遭受的一次性暴力）有关的一切，在我看来，如果没有得到升华，它们是不能进入文学的。然而，用我的第一部作品作为尝试，我失败了，它被出版商拒绝。有时我会想：幸好是这样。因为十年后，我对文学的看法已经不一样了。这是因为在此期间，我撞击到了现实。地下堕胎的现实，我负责家务、照顾两个孩子和从事一份教师工作的婚姻生活的现实，学识使我与之疏远的父亲的突然死亡的现实。我发觉，写作对我来说只能是这样：通过我所经历的，或者我在周遭世界所生活的和观察到的，把现实揭露出来。第一人称，"我"，自然而然地作为一种工具出现，它能够锻造记忆，捕捉和展现我们生活中难以察觉的东西。这个冒着风险说出一切的"我"，除了理解和分享之外，没有其他的顾虑。

　　我所写的书都是这种愿望的结果——把个体和私密的东西转化为一种可知可感的实体，可以让他人理解。这些书以不同的形式潜入身体、爱的激情、社会的羞耻、疾病、亲人的死亡这些共同经验中。与此同时，它们寻求改变社会和文化上的等级差异，质疑男性目光对世界的统治。通过这种方式，它们有助于实现我自己对文学的期许：带来更多的认知和更多的自由。

安妮·埃尔诺

2023 年 2 月

目　录

前　言

2008 年，米歇尔·波尔特（Michelle Porte）对我说，希望在我年少时待过的地方——伊沃托和鲁昂，以及现在居住的塞尔吉拍摄我，我知道她，因为她拍过关于弗吉尼亚·伍尔夫和玛格丽特·杜拉斯的很棒的纪录片。在她要拍摄的纪录片中，我会谈论我的生活、写作，以及两者之间的联系。我很喜欢这个想法，所以当即同意了她的计划，我坚信一个人出生或生活的地方——无论是在地理层面还是社会层面上——为他的写作所提供的不是一种解释，而是它们或多或少扎根的现实背景。筹资困难——这是很常见的事情——导致纪录片的制作推迟了很长时间。最终，由玛丽·热南（Marie Genin）制作的纪录片于2013 年完成，并于同年在法国电视三台播出[*]。

---

[*] 《词语如磐石，作家安妮·埃尔诺》（*Les mots comme des pierres, Annie Ernaux écrivain*），狂爱（Folamour）出品。

2011 年 1 月，我在塞尔吉的家中开始了与米歇尔·波尔特的采访拍摄。整个过程持续了三天。一开始，我站在客厅，从那里可以俯瞰瓦兹河和休闲区的池塘，远处是拉德芳斯的高楼大厦。接下来的采访直到最后似乎都是在我的书房里进行的，书房在客厅后面，朝北，可以看到被一排高大的冷杉树树干遮挡的花园。在这个小房间里，我平时习惯一个人独处，写作，但这一次，我背对书桌坐着，面朝坐着的米歇尔和负责拍摄的摄影师卡洛琳娜·尚皮蒂埃（Caroline Champetier）。边上，是将吊杆话筒举在我的头顶上的录音师。

这有什么好隐瞒的呢？一开始，在一个封闭空间里，被冰冷的摄像机镜头死死地盯着，这种近距离面对面的接触对我来说似乎是一种无法言说的暴力。一种禁闭的处境，我又被要求开口说话，却不知道自己能说些什么。现在，当我回想起那个时刻，脑海里浮现出两个画面：一个是《一个男人的位置》这本书中开头描述的那样，我在三人组成的评委会面前参加教师资格证的考试；而另外一个画面第一次出现的时候，仿佛一个泡泡一般在我脑海中破裂：一间光线昏暗的房间，一个巨大的黑色物体，发着光又一声不响，在它下面，是 15—20 个月大的我，身体因先天性脱臼而被石膏包裹着，而我自己对此毫无记忆，脑海里只有对一张桌子的模糊印象。黑色物体是一台 X 光机。（别误会：这些回忆中浮现的画面只有比喻的意味，不作任何阐释之用。）

然而，很快，米歇尔提出的非常开放的问题让我克服了最初的不自在。我开始娓娓道来。并非一字不顿，也重复一些词和表达，这些都是不确定、语言上有些吃不准的表现，正如第一次对话的记录中，充满了无数的省略号，以至于为了阅读的流畅，我不得不"清理掉"它们。由于我从始至终都感受到摄像机拍摄带来的对心理和智力的双重压力，那种它施加给我的紧迫感，让我无法在心中花足够的时间去分析事情，并尽可能准确地口头表达出来。

接下来要读到的采访时说的话有**不假思索**的特点，我曾因此感到窘迫，这有一点将自身置于危险之中的意味，这多少和我对写作、同样也对阅读的期待有些相似，尽管方式不同，前者显得更轻松。事实上，拍摄时所说的话呈现出的真实性与发表的文章或者书面访谈不同。这种真实性会突如其来、情绪化地呈现在画面里，例如"我的母亲，就是火！"，"巴黎，我永远都不会去！"或者"我不是写作的女人，我是写作的人"，简洁有力，就像心底无意识的呐喊。但是，这种真实性通常是慢慢呈现的，有迂回、有修正、有调整，在已经说过、已经写过的话语间寻找一种似乎总是稍纵即逝的新意。

尤其谈到写作这个贯穿整个访谈的主题时，我相信我从未说过**那么多**我写作欲望的由来、书籍孕育的过程，以及我对写作赋予的社会、政治和神话意义。我从未**如此聚焦**于写作的现实和想象层面在我生活中占据的位置。最终，也许呼应父母在我十二岁时形容我的一句话——"她总在书本里"，写作成了我"真正的归宿"。在所有真实存在的地方中，写作是唯一无形的、无法确定的地方，但我相信，它以某种方式包含了所有地方。

巴黎，我永远都不会去

安妮·埃尔诺，您所有的书都是在塞尔吉的这栋
房子里写的吗？

是的，除了最早的两本书是在上萨瓦省写的，因
为我当时住在那里。我不能在这栋房子之外的地方写
作，永远不能，既不能在酒店房间也不能在任何其他
住所。仿佛只有这栋房子，它包裹着我，才能让我深
入记忆，让我沉浸到写作中去。

1977 年，我和丈夫来到这里，他刚到当时被称
为"塞尔吉-蓬图瓦兹新城"的行政部门任职。这纯
属偶然，但当我第一次看到这栋房子时，我就觉得它
在等我，不知道在那个梦里我看到过它……1980 年

代初我和丈夫分开后，就留在了这里，至今我在这里已经住了三十四年。我无法想象自己会住在其他地方。

我最喜欢的，是这栋房子的空间感。室内的空间，尤其是室外的空间，视野开阔，瓦兹河谷和塞尔吉-诺维尔（Cergy-Neuville）的大小池塘一览无遗。景色随时变化，池塘的光线从来都不一样。光线一直照到巴黎，因为在这里能看到埃菲尔铁塔。晚上我看到亮灯的铁塔，感觉它近在咫尺，又仿佛遥不可及。这一景象正如我对巴黎的感受，或许甚至还符合我对自己在世界上的定位。说到底，巴黎，这么说可能听起来有点奇怪，我永远都不会去……

不过，我童年和青少年时期的梦想，就是去巴黎。您能想象吗？尽管我们住在离巴黎只有一百、一百五十公里左右的诺曼底，但直到我二十岁的时候，我才第一次去巴黎！我们从不旅行，而且我父母也从不度假。巴黎一直是我的梦想，现在它离我直线距离只有三十公里，但我始终生活在它的外围。而且我不再想去巴黎。反而，我在塞尔吉这座新城找到了自己的位置，让我感到舒服的位置。刚来的时候，我没想过会在这里待那么长时间。甚至可以说，它并不在我和孩子们的未来规划里……很快有了这栋房子，它成为了我的避风港。当我离开家去远行时，我有时会想起它，空荡荡的，有点被冷落，但坚不可摧。

这栋房子十分安静，周围没有来自高速公路的噪声，大部分时间只有鸟鸣。我想，这就是我写作时所需要有的寂静，这里寂静的色彩。还有生活在屋里的美好。

因为父母的缘故，我一直是农家女，也是外省女，习惯房子四周有小花园，感受季节更替、看到破土而出的雪花莲的乐趣……当我走进这栋房子，我感觉自己重新找到了内心深处的东西，那种古老的和土地的亲近。这里种过一小片草莓，几株很老的醋栗，边上是一圈香雪球，和我父母家一样。这些东西既温馨又动人。在这里我没有感到岁月飞逝。我的很大一部分记忆，我作为女人的记忆，都在这里。

最初，房子里很热闹，我的两个儿子还小，之后长成了少年。他们的朋友来家里，放音乐，玩角色扮演游戏。我的母亲经常和我们待在一起。渐渐地，我周围的一切都变了。我和丈夫分手，母亲得了阿尔茨海默病，住在蓬图瓦兹的医院。

孩子们离开，去巴黎求学，和他们的女朋友一起生活。我爱的男人来这里和我一起住，有的待的时间短，有的时间长，有的会住好几年。蓝雪松下埋葬着和我们一起搬到这儿来的小猎犬和猫，还有后来才来的那只黑白相间的母猫，它活了十六年。我需要动物的陪伴，这是我对土地热爱的一部分，但我希望它们能自由地在它们想去的任何地方奔跑。这里是猫咪的理想国，一个可以和快乐的猫咪一起生活的地方。现在，我有两只猫，它们随心所欲地生活，它们的秘密生活。

谈论一栋房子是很困难的。你知道当你失去它时对你意味着什么，当你不能再踏进这栋房子，因为它不再属于你。对于我住过的房子，我总是感到这种痛苦，因为再次看到它们时，却不能再走进去。我只能忧郁地对自己说：没有必要进去，因为一切都会改变，我会怨恨新的住户……每次我回到我住过的地方，我都认为这是一个错误。你要满足于记忆中的它，那才是它真正的样子，此外，无处可寻。我想每个人都有这种感觉。在看到你曾经住过的房子时，有一种特别的绝望，你看到的只是一个空壳……但痛苦并不因为失去那些墙壁砖瓦，尽管那是其中的一部分，而是因为失去了曾经发生在那里的一切，你在那里的所有生活，你所爱过的一切和曾在那里的人。

1970年代中期，塞尔吉正在建设中，到处都在盖楼，这里是一个巨大的建筑工地，到处都是起重机，这让我想起了战后的诺曼底，想起了我度过整个青春期的小城伊沃托，它的市中心在战争中毁掉了。在这座正在建设的小城下面，仿佛还有另一座城市，即1945年被摧毁的伊沃托，两者互相交融。当我开车在塞尔吉转悠时，我感觉自己仿佛回到了我长大的那个小城。那是一种迷失方向的感觉。小时候，战争的废墟令我印象深刻，还有这种满目疮痍的景象，传递着一种死亡的气息，每个人都有在轰炸下死去的可能性。而在这里，恰恰相反，我要告诉自己，这个正在建设的城市是活力，是未来。这让人感到震撼。

当然，总在一个巨大的建筑工地中生活也不容易，看到随处都在建设，一条区域快铁（RER）在田野上开挖，但这一切都很美好。

从开始建设的那一刻起，塞尔吉就成了六十个不同民族的大熔炉，来自外省各地的法国人。我觉得这很神奇，这样一个离巴黎四十公里的小城，来自四面八方的人都能聚在一起。一个没有"资产阶级的心"的城市，不像我曾住过的鲁昂、波尔多和安纳西等老城，镌刻在墙壁、街道和建筑物上的，是一种古老的社会秩序和金钱的力量。

我问自己，住在塞尔吉究竟意味着什么，我觉得有必要讲述我的所见所闻，我开始写下我所看到的一切，写我在区域快铁上遇到的人，写和我一起在超市里的那些人，在勒克莱尔、Super-M，之后是欧尚。我并不想成为一个民族学家，一点儿也不，我只想每天生动地描绘出我见到的形形色色的人，那些我想保存在记忆中的画面。比如，在福兰普利（Franprix）超市收银台的一个男人，在一个社区中心小广场上的孩子们。我认为这种方式能让我融入一个地方，使我更接近散在四面八方且千差万别的人们。这里没有传统的街道，人们多半是在购物中心和火车站相遇。写下在塞尔吉的所见所闻 *……是的……是表达要留在这里的一种方式。

我总是要解释我为什么不住在巴黎，而在塞尔吉。我必须打破巴黎人，尤其是外省人有关"城郊住宅区"的想象。在塞尔吉，并不是"城郊住宅区"的概念。我也听到有人说它是一个毫无特色的地方，但根本不是那样，它是一个已经拥有历史的地方，一个承载着人们悲欢离合的地方。

只是这里的变化比其他地方要快，商店和招牌变化的速度令人难以置信，三十五年前建成的小十字街区已经被拆除重建，塞尔吉火车站也已经翻新过了。这是一个不断变化的城市，永远不会结束。因为变化迅速，我更想记录下那些即将消失的面孔、那些时刻。事实上，如果我没有记录下来，它就像没有发生过一样。

---

* 《外部日记》（*Journal du dehors*）和《外面的生活》（*La vie extérieure*）。

我总在两者之间

　　我的童年和青少年时期是在伊沃托小城度过的，从五岁到十八岁，甚至更久。因为我在鲁昂上学，只有周末和假期回我父母家。在快二十四岁的时候我结婚了并从那里搬走。我父母的咖啡杂货店位于城郊的一个偏远街区，五十米外还有一个农场。店铺几乎占了绝大部分的空间，我们有的只是咖啡馆和杂货店之间的一个小厨房，楼上的一个大卧室，隔壁的一个小卧室，以及一个带窗户的阁楼。和咖啡馆挨着的是地窖，实际上是贮藏室。人们进咖啡馆时要穿过一个搭了各种建筑物的院子，这些建筑物在库沃（Caux）地区被称为"窝棚"，还有一个鸡窝，也可以是一家乡村咖啡杂货店……人们总说"进城、上城里去"。因此，就有了城里和我们街区——克洛德帕尔街区——之分。我和父母在人们的目光下生活，我们住的地方没有一点儿隐私。

我父母以前在利勒博讷（Lillebonne）开店，我在那里出生，长到五岁。虽然当时我只是一个小女孩，但我仍然记得，那里的生活多了一点私密感。例如，厨房与杂货店和咖啡馆是完全分开的。而在伊沃托则不同，那里就像一个过道，通往咖啡馆的门彻底拆掉了。顾客能看到我们吃饭，看到我写作业。就像一种公共生活！一般而言，十四五岁的少男少女都不喜欢被人看，所以我经常躲到楼上的卧室里，我真的很需要独处。那时，我有一个不切实际的梦想，就是不再生活在人们的视线之内，能待在一个又大又安静的房子里。可现实是，下课回家后，我不得不穿过杂货店或咖啡馆，当然，还要打招呼。真是一种折磨，我再也不想打招呼了。通常，我打招呼很快、很敷衍，声音也小，顾客对此十分不满，父母也常常因此责备我。

　　是的，这就是我的童年世界和另一个世界之间割裂的开始。我完全不了解那个世界，只是通过同学们来感知它，因为那些同学通常来自更小资的家庭。我常常幻想自己住在旅馆里，或一个人住在一栋大房子里，孤身一人，因为我不能把父母也带过去，他们从早到晚都在忙生意……今天，我住在这栋房子里，宽敞，没有他人的目光，面朝瓦兹河与池塘，当然是梦想成真了。但其实，我并未特别追求这个梦想，它是我无意间实现的，纯属偶然。我的生活中有很多巧合，通常是走运的，因为我实现了阶级跃升。但这栋房子并非位于随便什么地方，它在城乡之间，在城市的边缘。与传统城市不同，那里的人口不是很多，社会阶层也不那么固化。在某种意义上，由于它特殊的位置，代表了我"完成"阶级"变节"的轨迹。从外观上看，它并不好看，甚至可谓是"品位低下"。它的外墙像三层蛋糕：一楼是磨石粗砂岩，二楼抹了灰浆，三楼是砖砌的，屋顶很平。一栋巴洛克风格的房子，战后才建的，无疑是一个暴发户的家。在某种程度上，我也算"暴发户"。

当我去巴黎时，有一些街区给我一种不被接纳的感觉，尤其是第六区和第七区，仿佛我是个闯入者。感觉自己既是外省人，又是郊区居民，在这一点上，是的，我用人类学家的目光去观察人们、他们的着装和他们在街上的步态。在服装店的橱窗前，空无一人，总是空无一人，我想象，人们会突然扪心自问："为什么会这样？为什么财富总是集中在这些地方？"于是他们忿忿不平。

您提到过伊沃托是一个可以明显感觉到阶级差异的城市，有富人区、漂亮的房子，还有您所居住的平民街区……

在一个城市中，对刚来的陌生人而言总有一些看不见的区隔，但这些区隔却微妙地镌刻在每一个地方和人们的脑海之中。我父母的咖啡杂货店所在的街道——克洛德帕尔街是个斜坡，高处有漂亮的房子，但越往下，就越进入工人阶层的聚居区，又小又矮的房子挤在一起，有一些非常寒酸。和它平行的是一条既宽敞又美丽的街道——共和国街，街道两旁矗立着二十世纪初的大别墅。在这两者之间，有一条很小的巷子——学校路，从我父母店铺后面经过，因为在1914年"一战"前，那里曾经有一所私立幼儿园。

克洛德帕尔街和共和国街之间的区别自然是社会性的。我父母的顾客，即一些工人和职员都来自克洛德帕尔街。住在别墅里的人从来不会光顾这里，除非一两个忘记在城里买一包糖或一升油的人。

我觉得如果我没有按母亲的意愿去私立学校读书，我可能不会如此强烈地感受到这些社会差异。她说私立学校较之公立学校离我们住的地方更近，而且我不用出去上教理课，因为圣米歇尔寄宿学校既提供普通教育，也提供宗教教育。可以说学校里应有尽有。私立教育的目的是为了区分，在这种情况下，它将我与我表姐妹和同街区其他女孩们区别开来，而她们在社区学校上学。

实际上，这种区分或这种"区隔"，从初一开始就变得尤为明显，在圣米歇尔寄宿学校上学的农民、小商贩和工人的女孩很少继续读初一，她们拿到小学毕业证书后就去工作了。只有特权阶层的女孩和少数像我这样的"稀有鸟类"才会继续上学，父母为了让我继续学习作出了"牺牲"。因此社会差异变得非常明显。此外，我父母是街区的小杂货店店主，与市中心快速现代化的商人相比发展滞后。父母没有资金对他们的商店进行现代化改造，只有住在附近的人经常来光顾，也就需要买点儿吃的东西。

父母让街区的一部分居民赊账，那些总是提前透支一个月工资的人们。看着那些总是饿着肚子却又人口众多的大家庭，那些总是热切地盯着食物罐头但除了咸牛肉罐头什么也买不起的老人，我很早很早就认识到了社会差异。在咖啡馆这里，我看到了给男人们带来困扰的巨大的社会痛苦。他们来咖啡馆，是因为来咖啡馆能让他们感到开心一点，和其他人一同忘记他们目前的处境……当然，这同样也会引起一堆麻烦，孩子们会来咖啡馆找他们各自喝得流连忘返的父亲。我也会想："如果是我呢？如果是我到咖啡馆找我父亲呢？"这同样也有点矛盾与分裂，因为咖啡馆的老板，这个为客人倒酒的人，正是我的父亲。毫无疑问，他并不是一个坏老板。当一个顾客喝多了的时候，他还会对他说，"回去吧，今天结束了，我不会再给你倒酒了"。但我还是感觉自己处在两者之间……

我想我很早就一直处在两者之间。降生到这世上，并不是什么抽象的事儿。降生到一个关系网中，有一些熟悉的面孔、姿态、话语，贫穷的话语或富足的话语。之后，我意识到这个原初世界在我身上留下的印记，早年我对贫穷的感知。同样也有那些常常被认为是粗俗且低级的快乐和幸福所留下来的印记，但我知道它所蕴含的力量：节日、聚餐、歌谣。这些快乐显然与智力上的快乐相去甚远，但也是我生活的一部分。

在很长一段时间里，我将生活、感官的愉悦和精神的愉悦区别开来，然而实际上，它们从我童年开始就一直共同伴随着我。我一学会识字，就疯狂地爱上了阅读，正如我父母所说的，爱上了"学习"，没有宾语，就像是一种喜好，一种无法餍足的渴望。为什么会出现这种区别，这是一个重要的问题。但是——这也是我第一本书《空衣橱》的主题——知识的获取总是伴随着特定的言谈方式、行为方式、品味和社会秩序的区隔。实际上，我不愿接受这种区隔，这也许就是我写作的原因。我认为这种区隔是刻在我的身体里的。这种与世界的区隔，当我说在我的身体里时，我指的是那些我在文化熏陶和学会"谨言慎行"之外，我所保留的举止习惯。因此，我很晚，在我四十五岁时，才意识到自己一直习惯摔门，喜欢狠狠地扔东西，而不是轻轻地把它们放下。显然，我是从我母亲那里继承了这种暴力形式和不受控制的身体力量。

　　或许是因为我们几乎没有精美、珍贵的器物，所以难以注意到它们。精美易碎的"礼拜日餐具"都收得好好的，平日里用的餐具磕着碰着也不打紧。这种原生家庭的影响也反映在言语中。一些诺曼底方言的用词会到我嘴边，虽然我不会说出口，但它们就在那里。虽然现在我已经不再讲库沃地区的方言了，除了某些表达之外我几乎都用不到它，但我也可以立即理解任何一个单词。如果我将"mucre"翻译成"humide"（潮湿的），将"empouquée"翻译成"engoncée"（拘谨的），我会觉得我什么都没表达出来，因为我说出来的单词无法包含它们所指的感觉、气味、触感等感官的分量。诺曼底方言与我儿时那么多的东西紧密相连，生活环境、声音、母亲的笑容，它们是无法被翻译的。千真万确，我们的母语是和我们融为一体的。

学校，尤其是书本，让我学会了正规、准确、优美的法语。法语是我的写作语言，但使用它总让我感到不真实。我希望它和我弃用的语言一样，拥有同样的力量，或者说同样的厚重感。这种力量来自我的家乡，我的原生家庭，我生活的街区。我想这就是为什么我说写作需要一种"浸润"。这种浸润，从我的童年到现实世界，不断扩散。为了捕捉现实，我需要让文字变得像实体和实物一样。一切都发生在我的记忆中，我的肉体记忆。这种记忆不同于电视节目单纯叙述哪一年发生了什么、与历史没什么区别的习得记忆，而是一种完全感性的记忆。

我不能说我的童年和青少年时期是幸福还是不

幸福，我认为这些词没有什么意义。在我看来，我被充满无限可能的未来所吸引。我很早就想到了我不会待在伊沃托。我梦想着旅行，我也梦想着温暖……库沃地区的阳光不是很好……经常下雨……伊沃托更是多雨天，风大……我想要离开，和我父母一起去旅行，但在二十世纪五十年代，只有富有的资产阶级才能旅行。直到十八岁，我的所有假期都是在伊沃托度过的。在那期间，我一直读书，时不时会"进城"。十五岁时，我去那里见男孩子，因为有父母的监督，这么做有点冒险。说到底，很孤独。孤独地在我的房间里读书，除此之外，没有其他的事情。

您在您的一本书中说，您曾经给一个虚构的朋友写信。

在我七八岁的时候，我开始给一个纯属想象的女孩写信。她看起来一点儿也不像我们班上的同学。我不记得我给这个虚构的笔友写了什么。我给她起了个名字叫德尼丝，这是一个我素未谋面的比我大很多的表姐的名字——她两年前去世了，我们从未见过面——但我并不是给她写信。当我为我的第一部小说的叙述者和女主人公寻找名字时，我不由自主地想到了这个名字，德尼丝，德尼丝·勒叙尔[1]。

我现在对那位想象中的笔友有了不同的理解。我的父母曾有过一个女儿，她出生于1932年，比我大八岁。她在六岁时死于白喉。关于我这个未曾谋面的姐姐，他们一直瞒着我，也只字不提她去世的事儿。这是家里的一个秘密，但通常，秘密都会被泄露。或者说，我是从我母亲那里知道的，不是直接听到的，而是一种奇怪但也很简单的方式。某个星期日，像往常一样，杂货店开着，我母亲和一个女顾客出了店门——这个客人有一个四岁的女儿，她经常和我一起玩——她们在杂货店后面的学校路上聊天，而我和小女孩则在她们身边跑来跑去。突然，我的注意力被吸引住了，我竖起耳朵听她们说话。我喜欢听故事，特别是一些轻浮的、关于性的故事，那些我妈妈只会窃窃私语的故事。这一次，我母亲窃窃私语的，是她在我之前生过一个女儿，那个女孩死于白喉。她讲述了那个孩子死亡的细节，那时她似乎并没有留意我在旁边偷听或是忘记我在场了。在我记忆里，我当时只有九岁或十岁的样子。她最后提到那个孩子，我姐姐临终前说过的话，这些话只会深深地印在我的脑海里。她说我姐姐临终前说："我要去见上帝耶稣和圣母玛利亚了。"听到这个太可怕了。那个孩子是个圣人，一个小圣人。如果她是一个圣人，那么我就是个恶魔。尤其是因为我的母亲随后在提到我姐姐时说："她比这个更讨喜。""这个"指的是我。我在最近的新书《另一个女儿》（*L'autre fille*）[2] 中讲述了这一切。

在我的生活中，我很少想到这个姐姐，但那一幕让我久久难以忘怀。当我给这个不存在的德尼丝写信时，我是否已经猜到围绕在我周围的这个秘密了呢？当我在给这个我为她起名德尼丝的素未谋面的表姐写信的时候，其实是在给这个不知道名字的姐姐写信？我父母把他们的秘密带进了坟墓。在我母亲患阿尔茨海默病期间，她当着我的面告诉医生："我有两个女儿。"但她并不是对我说的，是对医生说的。我从未问过她任何问题。在我的写作中是否有这样的内容？或许有吧。毕竟我写了很多东西。我不认为试图找出写作的来源是一件有趣的事儿。我们在写作，这才是有趣的事儿。因为写作是没有止境且可以一直进行下去的事情。我不轻易谈论我写过的书，因为我总想着那些要写的书。

我的母亲，就是火

安妮·埃尔诺，您能给我们讲讲您父母吗？他们是一对非常与众不同的夫妻吗？

我父母的确不是一对传统模式上的夫妻，他们甚至截然相反：我父亲有所谓的女性气质，而我母亲有男性气质。我很小的时候就感觉到这一点了。我父亲很温和，他喜欢和我玩，而我母亲却不喜欢这样。我父亲非常开朗，总的来说，他也非常喜欢小孩子。在我的整个童年时期，他扮演的是"母鸡爸爸"的角色。当我生病的时候，他经常给我读书，给我讲《莉赛特》（Lisette）的故事。是他骑自行车送我上学，然后来接我放学。我母亲性情火爆专横……她就是律法，就是规矩。换句话说，我必须按照母亲，而不是父亲说的去做。

我父母的角色分得一清二楚。母亲规定我什么该做、什么不该做。他们两人就像水与火。她是吞噬一切的火，是家里喊得最响的人。尽管普通人家的女性比中产阶级的女性在家里有更多的权威，但他们这种夫妻模式在我周围还是比较少见的。当时一般都由女性管钱。我家也是如此，母亲独揽家里生意的管理事务。这种父母模式自我遇到其他模式后就令我感到不自在，比如我中产阶级女友们的母亲，女性杂志上的女人们。母亲与所谓的"女人味"丝毫不沾边儿。她对许多事情都兴致勃勃，对世界抱着开放的态度。但让我越来越难以忍受的，是宗教的律法支配着她的生活。

母亲是一个虔诚的信徒，狂热的修行者，在那个时代，宗教实践具有模糊性，这与社会地位挂钩。与她一起长大的很多女人，那些女工，已不再去做弥撒了。而对她来说，做弥撒使她跻身于所向往的阶级。

关于母亲，我不能用简单的方式去谈论，在她和我之间，总是那么激烈，一种持续的对抗。我或许是为她而生但又处处忤逆。为她而生是因为她喜欢我成绩优异，她真心希望我这一生有所建树。当然，她不会用这样的字眼，这是我现在对她的心愿的理解，她希望我有一个职业，"可以不用依赖丈夫"，这话她经常挂在嘴边。在当时，对大多数母亲而言，这种想法很新潮，甚至不可思议。对很多女孩而言也一样。

平时，她很严厉。她经常教训我，所谓教训，就是打耳光，伴随着大声、愤怒的呵斥。她是个爱发脾气的女人，脾气非常大……对我，对我父亲，也对一切她认为不公正的权威，用她自己的话说，这让她气得"连头发都要竖起来"。她经常气得头发竖起来，她和我父亲之间的争吵对我来说是最激烈粗暴的，因为我总是害怕惨剧发生。应该是在我十二岁那年夏天，有一天父亲再也无法忍受她的蛮横。他拉着她的……我不知道到底是什么，因为我已经逃到楼上去了，但我听到母亲的尖叫声，喊着"我的女儿，我的女儿！"我在地窖里找到了母亲，父亲抓着她，旁边砧木上放着砍柴刀。这是一个巨大的精神创伤。我很久之后才说出这件事，因为我把它当作一个秘密埋藏在心底。一生中有很多秘密，写作围绕着这些秘密展开，我们要么揭开这些秘密，要么永远封存。我一直等到50岁才从秘密中解脱出来，因为我父母的暴力，那个场景，是一种羞辱、耻辱。

但如果把母亲描绘成一个泼妇，那是不对的，也不公平。她是一个风风火火的女人，总是希望自己美丽动人，外出时衣着光鲜，而且对我来说最重要的是——她很看重学问。她很欣赏住在附近的老师，他们会到杂货店来买东西。她喜欢和他们交谈，并把他们说的话再讲给其他人听。相反，她对企业主、继承钱财的人、那些**压榨**他人的人态度非常粗暴。"压榨他人"是我小时候经常听到的词语。我是在知识至上的价值观下长大的。在我很小的时候她就给我买了一本字典,《拉鲁斯字典》。当我们不知道某个单词的意思或拼写时,她就会说:"我们去查字典吧。"这样做很有帮助,也很自然。

我父亲,他呢,只读报纸,《巴黎—诺曼底报》(*Paris-Normandie*),偶尔也读《法兰西晚报》(*France-Soir*)。他上小学时的课外阅读书是《爱国二童子传》(*Le tour de la France par deux enfants*),这本书堪称是法国一大"记忆之场"。对我父亲而言,这本书是独一无二的存在。"我们喜欢这本书,因为觉得它看上去很真实。"他的这句话给我留下了极深的印象。这本书的巧妙之处——我也是在上小学三四年级时看的这本书——正是让第三共和国的意识形态及民族统一思想看上去真实。每个人都该待在自己的位置上,这是书中传达的让人难以忍受的信息之一。但与此同时,它也深深扎根在当时工人阶级子女的现实生活中。我一直觉得我父亲很像《爱国二童子传》中的两位小主人公，安德烈和于连。他甚至把自己与哥哥亨利看作是于连和安德烈，两个小主人公逃离了1870年被德国人占领的洛林，并踏上了游历法国的伟大旅程。

我母亲是我的引路人，她启蒙了我对阅读及其价值的认知。不过，我很早就燃起了——这个词用得并不过分——读书认字的渴望。1945年搬到伊沃托镇后，我病了几个月。一位外省大资产阶级出身的夫人——我的一个姨妈苏珊娜是她的女佣兼女伴，有点像普鲁斯特笔下的弗朗索瓦丝——给我带来了各种有精美插图的十九世纪儿童读物。看不懂这些书的内容，使我产生了巨大的挫败感。当时我五岁，唯一的愿望就是上学，去学习读书认字。

还记得开学第一天，我怀着被狠狠羞辱了一番的心情回到家。先前我还以为老师会在开学当天教我读书认字,正相反,她居然让我做描红练习!我反复琢磨:"那我要说什么呢?说我还不识字,说我只练习描红吗?"很快,我就能畅读老夫人赠送的所有书籍了——《赤脚女孩》(*La fille aux pieds nus*)、《小小移民佩德罗》(*Pedro le petit émigrant*)、《机灵鬼加斯帕》(*Gaspard l'avisé*),这些书名又浮现在我眼前——同样还有我母亲读的女性报刊,每周多达四份:《茅屋夜谈》(*Les Veillées des Chaumières*)、《今日时尚》(*La Mode du Jour*)、《知心话》(*Confidences*)、《时尚回声》(*Le Petit Écho de la Mode*),还有她给她自己买的书——《飘》(*Autant en emporte le vent*),还有她给我买的著名的"青葱文库"(Bibliothèque verte)推出的简写版名著系列,在这套丛书里,我阅读了狄更斯、夏洛蒂·勃朗特、《简·爱》,同时还有更适合儿童阅读的埃克托·马洛[3]和都德的作品。在很长一段时间里,我可以自由自在地阅读——我记得自己在十岁左右便开始读《蝮蛇结》(*Le nœud de vipères*)和

《乡村牧师日记》（*Journal d'un curé de campagne*），后来因为读不懂便放弃了。遗憾的是，我母亲不懂哪些书籍更值得阅读，她对所谓的正统文学一无所知。

从我步入青春期起，她开始留意我读的书，她把莫泊桑的《一生》[4]和科莱特的《谢里宝贝》[5]藏起来，让我读一堆《布丽吉特》——贝尔特·贝尔纳热[6]那一套"观念正统"的书。也就在那时，她起了疑心。她清教徒的一面、她的恐惧显现出来：在那个时代，母亲害怕自己的女儿"怀孕"，这意味着一切，也意味着女孩们的未来会走向堕落。在我们身边，有太多女孩才十七岁就不得不结婚。在我看来，我母亲一直生活在这种忧虑之中，直到我结婚。在那之后，她又有了另一种担心，担心我"遇人不淑"！

我和她之间起的争执，往往和性有关。我想取悦、讨好男孩们，而她很善于察觉任何相关的苗头。那时候，我发现自己的母亲是个超前的女权主义者，但她的女权主义在性自由面前肯定是裹足不前的。因

为在允许避孕和"韦伊法"通过之前，性自由是不切
实际的。因此，她摆出一副守护人的姿态，不仅守护
我的身体，更是守护我的未来。

尽管后来我享受到了自由，但我认为，母亲对男
性的不信任，对当时还未被称为"男性统治"的社会
现象的不信任，对我的影响比我长期以来认为的还要
大。但就她自己而言，她在婚姻中并没有遭遇这些，
那都是她从别人身上看到的。

她负责手洗、熨烫衣服，这是女性传统上的角
色。但她不做饭，因为她不喜欢，也不知道怎么做
饭。于是这项差事便落到我父亲身上，而他也乐在其
中。她可能认为忙活半天做一顿饭一下子就吃完了，
实在是太费事儿，她也讨厌一顿刚完又要为下一顿张
罗的没完没了。但她非常喜欢吃。我觉得她热爱生活
的所有乐趣。

我的母亲是火，燃烧的火。我之所以这么形容

她，是因为她会走极端。这不仅仅是一种感觉和印象。我烧了我的日记，肯定烧了，因为这是她通常把东西毁掉的方式，要么把它们扔进厨房的炉灶里，要么是洗衣房的锅炉里。我从十六岁起就开始写日记。婚后我去了波尔多，把日记本留在了父母家。更准确地说，被烧掉的那些本子是我在十六岁到二十二岁之间写的日记，1968年的假期我在伊沃托的娘家还重温过，当时那些日记都存放在阁楼里。1970年，母亲到安纳西与我们一家——我、我丈夫和孩子们——一起生活。她给我拿来了我所有的书、作业本和成绩单，却独独没有我的日记本，除了最后一本，那本上面写了我与丈夫的相遇。我很清楚她把其他日记本都处理掉了，因为她读了那些日记，上面的内容让她不快。就连写日记的那几年里女友们寄来的信件也同样被她烧毁了。她这么做是出于爱，出于对我的爱。我认为人们会因为爱而做出最骇人听闻的事儿。十六岁到十八岁的整个少女时期，所有的私密生活在她眼前被揭开面纱，她准会想"如果有人不小心看到了怎么办？如果那个人恰好是她丈夫！我女儿该多么羞愧啊！"她不愿别人对我产生坏印象，于是烧掉了日记本。值得一提的是我并没有问她："你为什么没把日记本带给我？"没必要问出口，我早已心知肚明。我清清楚楚明白她会这样回答："不带最好，看看上面都写了什么！"从某种意义上来说，我和她，我们俩都知道对方在想什么，即使互相一句话也不说。我们从没谈起过我的日记。从来没有。

不过，日记里并没有提到我偷偷堕胎的经历。如果写了，母亲将发现对她而言最可怕的事情。堕胎也许没什么大不了的，但在她眼中，那是道德沦丧，是世风日下。事实上我从未真正弄清楚，母亲的行为中究竟存在何种道德考量和社会忧虑，说到底堕胎是很平常的事情。话虽如此，在读了我出版的第一本小说《空衣橱》后，她就会知道我堕胎的事情。

那么当这本书出版时，她有什么反应？

她和写作有联系，或者不如说和书有联系，她对书有一种纯粹的憧憬和热爱，至于"文学"一词，她则从未提过。当我在二十二岁开始写作并完成第一部小说时，我跟她说了。她心情激荡，欣喜若狂，并说了一句惊人的话："如果我会的话，我可能也会爱上……"她想说的"会"指的是"会写作"。她酷爱阅读，以至于对于她来说，阅读发展下去就是自己动手写作。但她紧接着又补充说我不该放松学业，我需要一份职业来谋生。当然，《空衣橱》并不是她希望我写的那种书。她揣摩字里行间的意思，或者不如说每行字都仔细阅读，尽管叙事者叫德尼丝，她却从中读出了我藏在脑海中的东西。虽然还有一点怀疑，她以前从来没有这样想过，但现在她基本确信我曾偷偷堕过胎。显然，她认出了咖啡杂货店。我想她是花了一夜时间读完了这本书，因为她房间门缝底下漏出来的灯光亮到很晚，不过她什么都没说。只字不提。我也什么都没问。

在我看来，她这样做是最恰当的，这样我们就可以继续生活在一起，亲密无间，没有任何恩怨和计较。一种审时度势的态度，让她没有对我发火。我们俩都装作那只是一部纯粹的小说。而且我也是这样介绍我的书的。当这本书出版时，她住在安纳西，和伊沃托离得很远。所以再也没有可能会对她说"我认出你了"的邻居或顾客的目光。因此，社会影响小之又小。我就是这样分析她的反应的，父母对他们子女写的书的态度部分取决于他们设想的周围人的看法。

而当报纸上对我的评论褒贬不一时，她总是坚定地站在我这边。若是有人跟她说没读过我的书，包括《空衣橱》，她会很失望。就好像在她眼中，文学的声誉比一切都重要，这真是非同寻常，或许也很可怕，我不知道。但这就是我母亲。也许，如果不是……如果不是最近几年她患上了阿尔茨海默病，很多事情我或许都不会原谅她，比如拆看我收到的信，比如去垃圾桶里翻找我写信的草稿……但在这段时间里，我们母女就仿佛困在一个密室里。作为独生女，她的生活起居我都要亲力亲为，没有任何人可以分担。母亲占据了我越来越多的时间和精力，令我不堪重负。与此同时，她对我的爱和怨恨也变得清晰起来，我想，在爱恨交加中我俩应该是旗鼓相当的对手。

阿尔茨海默病是一种很能够暴露人内心深处隐秘的疾病。女护士们告诉我，当我凭借《一个男人的位置》获得勒诺多文学奖后，母亲交代她们："不要把这个消息告诉她父亲，他会把她夸上天的。"而我父亲早在十九年前就已经去世了，但母亲的嫉妒却从未消散，因为她感觉父亲太欣赏我，太爱我了，不过幸好有她在那里"调教"我……"调教"是一个语气很重的词儿，母亲常挂在嘴边，是当时的一种教育方式，至少是我所受到的教育。我无法评判这种方式，只是我想换种方法教育我的儿子们。

在你们家，您和父母之间的缄默让我感到震惊。你们对那个早逝的女儿闭口不谈，以及当您发现母亲销毁了您的日记后也沉默不语。你们选择用避而不谈来解决问题，这让我感觉怪怪的……

不谈是因为一谈就会引起麻烦。在我那些亲戚家里，尤其是我母亲的兄弟姐妹之间，就有很多语言暴力，甚至是身体暴力。口角之争带来的结果更糟，无休止的争吵谩骂和被掀翻的桌子成了邻居们茶余饭后的谈资。保守秘密是维持家庭和睦安宁的一种方式，我难以想象如果父母没有隐瞒姐姐的存在，如果我和母亲之间没有秘密，我们家会变成什么样呢？对一些事情闭口不谈。这是一种存在方式。我知道这不再被认为是家人相处的好模式，但揭露秘密常常会带来极坏的后果。秘密没有给我带来痛苦，但我却清楚记得那些事情发生时我的感受，这是不一样的。我不能，也不应该谈起我姐姐，就这么简单，因为我父母不谈论这件事。这和我十二岁时看到的那件事是一样的，那次，我父亲把母亲拖到了地窖里。我知道不应该把这件事告诉其他人，也不应该和父母谈论这件事儿，因为它已经过去了。"好了，已经过去了，别再提了。"是我经常听到的话，以至于那些事情都被我抛诸脑后，不想再次提起。

书是神圣的东西

我总能看到母亲读书。她在百忙之中抽出时间阅读，一本书、一份报纸，店铺的迎客铃一响，她就把书藏在一块抹布或要熨的衣服下面，忙完再继续看。可能是怕自己看书显得游手好闲吧。晚上，她也会在床上读一会儿，灯光总能引来父亲的低声抱怨。母亲的阅读喜好很杂，主要是她分辨不出不同作品的价值，也不知道如何谈论书籍，她只知道这本书她是喜欢还是不喜欢，仅此而已。我十六岁那年，她给了我一本斯坦贝克[7]的《愤怒的葡萄》(*Les raisins de la colère*)。这是她在战前读过的一本书，但她并没有告诉我为什么她认为我有必要读它。《飘》在法国出版时，她买了一本。我至今还记得那本书白色封面上还有四色印刷的蓝色封皮，后来我才知道那是伽利玛出版社的封皮。当时，她经常兴奋地给店里的客人讲这本书里的故事，仿佛主人公斯佳丽是真实存在的人物一样。那时候我才九岁，我觉得我在母亲和斯佳丽身上找到了一种共鸣，性格和意志相仿，斯佳丽的人生又正是母亲所向往的。在母亲的允许下，我迫不及待地投入这本厚书的阅读当中——这是我小时候读过的最厚的一本书。我立刻被故事吸引，被带入、沉浸在爱情和南北战争之中，体验一个女人的一生。大概十五年前，我带着好奇重读了这本小说。我居高临下的成见很快就消失了。女主人公斯佳丽·奥哈拉在人生的每个重要时刻都自己作出选择。她的选择，不论正确与否，是好是坏，都是自己做的决定。因此我并不会因为喜欢过这部小说而感到羞愧。

我母亲经常问书店店主应该买什么书，在伊沃托这样的小城，书店店主扮演着类似书籍推荐人的重要角色。我记得有一天，我在颁奖典礼上收到很多书，但在天主教寄宿学校，这些书通常都是不允许阅读的，比如《埃莱娜·布歇》(*Hélène Boucher*)、《利奥泰元帅》(*Le maréchal Lyautey*)，等等。母亲立马带我去了书店，书店店主给我们推荐了《恶之花》，还有一本古斯塔夫·科恩[8]写的关于龙沙的书。正是科恩这部作品为我打开了文学批评的大门。还有一次，书店给我推荐的是吕丝·阿米(Luce Amy)的一本书，书中引用了普鲁斯特关于悲伤的一段话[9]，我至今不能忘怀。

您瞧，所有这一切我都记得，因为这是一种幸福。我母亲曾是一位图书的分享者。等我到了中学和大学，我反过来给她看同学借给我的书，或者是我从图书馆里借来的书。我记得我还给她看过卡夫卡的《变形记》，但这本书让她读得云里雾里。

我外婆也很爱看书，不过她爱看什么我就不知道了，可能是报纸上的连载小说。

您刚才也提到您母亲对书非常尊重，她每次碰书前都会洗手……

对，她会看下自己的手，看它们是否干净，因为她的工作，手总是有点儿油腻。她会说"等一下，我去洗下手"。书是神圣的东西，比奇珍异宝更珍贵，像通往一切的钥匙，通往更崇高的东西，比生命更重要，出于这个原因，在她眼里，书也可能有害。所以她不想我读莫泊桑的《一生》，觉得我读这本书还太年轻，母亲的禁令自然没能阻止我。我把书偷出来，在通往厨房的楼梯口借着昏暗的灯光看，心怦怦直跳。除了这本，我还被禁止读《于松太太的贞洁少男》（*Le rosier de Madame Husson*）和《戴家楼》（*La maison Tellier*）[10]。

比起福楼拜，库沃地区的诺曼底人认为莫泊桑更接地气。莫泊桑知道如何去描绘他们，尤其是那里的农民，即使他不是夸他们，相反是以一种残酷的清醒在描写。罕见的是，就连我父亲都读过莫泊桑写农民的小说。在农民看来，重要的是"有一位作家在谈论我们"，就算是说他们坏话也无所谓。我认为，书与读者之间缺乏共鸣点是人们不喜欢阅读的一个重要原因。

当然不止于此。我父亲对文学不感兴趣这件事，有某种根深蒂固的原因，我觉得更像是对文学的冷漠。在《一个男人的位置》这本书中我提到过，我父亲有一天对我说"书对你有益，而我不需要它们来生活。"这句话让我感到疏远，这说明我和父亲之间有一道无法逾越的鸿沟，这是种文化代沟，它会在人生的某个时刻突然横亘在自己和父母之间，有时也会出现在兄弟姐妹之间。这是一种很深的孤独和痛苦。在我十六七岁的时候，我深有体会，我没想过或许我父亲和我有相同的感受。或许他更希望我不要念那么多年书。孩子的痛苦源于父母对他们的期望，他们希望孩子能够得到更高的教育，更加幸福，能够过得"比自己好","你以后肯定比我们强",这是我经常听到的一句话,但同时,父母又希望孩子不要改变,还是他们熟悉的样子,可以和他们一起为同样的事情开怀大笑,可以和他们一起看同样的电视节目。希望孩子在成长的路上不会甩开他们,而这是一个两难的困境,接受教育成长和保持一成不变。我做不到,这也是我痛苦的原因。有太多事情我没有办法分享,尤其是和我父亲。我母亲,她从来不会说"不需要书来生活"这样的话。父亲说这句话是实事求是,也很理性,因为生活这个词的本义是通过劳作来维持生计,书对他来说的确没有用处。没有人培养他对文学的兴趣,父亲受教育是在法兰西第三共和国时期,当时人们接受的教育仅限于读、写和算数,其他教育都是奢望。十二岁时,父亲被送去一家农场干活。

我想父亲永远都不会明白为什么我喜欢钻研文学。如果是科学或医学,他能理解,但文学不行。文学,它到底意味着什么?他从来没有问过。

对您来说，阅读扮演着什么样的角色呢？

一种矛盾的角色。阅读是想象力的源泉，阅读的
时候我感觉生活很充实，同时，阅读把我和我童年时
代的现实世界分隔开来，给我展示了一些常和我的生
活模式截然相反的社会模式。每本书都让我彻底摆脱
了现实，但这种脱离现实在我获取知识的过程中发挥
了巨大作用。仅仅通过阅读，包括读儿童读物，我学
到了很多东西，而在之前那个只有收音机的年代，如
果没有阅读，我是学不到这些东西的。那时候我没
去过剧院，也没去过电影院。书籍就是通往世界的大
门。我很确定，我心目中的榜样和道德准则很大一部
分源于阅读，源于对女主人公的认同。有简·爱，有
斯嘉丽·奥哈拉，也有一些男主人公。我想到了阿
尔封斯·都德的《小东西》(*Petit Chose*)中的达尼埃
尔·埃塞特(Daniel Eyssette)，和他对跛脚穷学生班

班（Bamban）的残忍和悔恨之情。还有《恶心》(*La nausée*) 中的安托万·罗冈丹（Antoine Roquentin）、于连·索莱尔（Julien Sorel）[11]、弗雷德里克·莫罗（Frédéric Moreau）[12]……我认为在没有大量阅读的情况下是无法写作的。读着读着，你会发现不知不觉自己似乎也能做同样的事情了。

您十分认同简·爱这个人物，是您母亲让您读这本书的吗？

是的，是她。我记得小简·爱被送进那所可怕的初中时，我感同身受。那时候我不太懂成年的简以及她和罗切斯特先生的关系。我还记得我和母亲聊过这本书，仿佛简是一个真实的人物，聪明，正派。大约十几年前，我重读这本书时，我惊讶地发现简的思维方式对我影响如此之深，她是书里的角色，同时也是叙述者。对我来说，这无疑是一本启蒙小说。它比

《呼啸山庄》更通俗易懂，少女时代我也读过《呼啸
山庄》，但是书中狂风暴雨般猛烈的情感对当时的我
来说还很陌生。最近，我发现《简·爱》里有一个非
常触动我的场景，我常回忆起这个场景，它和我姐姐
的死，以及我那时的无知无觉形成了对照。在那一幕
里，一场传染性的斑疹伤寒席卷了简所在的孤儿院，
简没有被感染，她要去医务室和她得了肺结核的朋友
海伦会合，简爬到海伦床上。她俩聊着人生和上帝，
海伦相信她很快就要见到上帝了。简睡着了。她醒来
时，海伦已经死了。在写《另一个女儿》时，我意识
到我姐姐就死在我一直睡到七八岁的那张小床上，而
我自己也差点因为破伤风在那张床上死去。

　　我确信，当我们抛开艺术价值，竭力去回想我们
读过的所有文字，看过的所有电影和绘画作品，我们
能知道我们是谁，我们渴望什么，我们可以深入自己
的故事。因为那些童年读过的杂志上的故事仍萦绕在

48

我心头。它们都和我息息相关，我现在知道了。

艺术能告诉我们一些东西，即使我们并不认为它向我们吐露了这些。这是它的力量，也是文学的力量，电影的力量，绘画的力量。而音乐，它更复杂也更真实。如果我们想认识我们是谁，我们继承了什么，那就要把我们心灵宫殿的碎片都拼凑起来。我不相信有人没有也从未被任何东西触动过。不，我不相信。

我不是写作的女人，我是写作的人

很长一段时间，我都在想，女人的身份究竟意味着什么。因为我写作时没有这种身份焦虑。因为总被打回到这个问题是痛苦的根源，是反抗的根源。女性总是被打回到女性身份这个问题，为了维护人们不好意思承认的男性的主导地位。与生活在1950年代的女性相比，即使是生活在2000年代的女性，也一直忍受着这一现状，男性统治的现象甚至在文化领域也在所难免。女性革命没有发生过，它一直都有待爆发。

在女性主义领域，我的第一个榜样是我母亲。她以自己的方式抚养我长大，以自己的方式处世，以自己的意愿行事，不让任何人强加给她任何东西。她从来不要我分担家务，从来不要。也没有让我在店里帮忙。我仅仅是从十五六岁开始才要整理自己的床铺！我所有的时间都可以用来学习、玩耍和阅读。我可以随时阅读，想读多少就读多少。没有课的早晨，我会躺在床上看书看到中午。我记得我在课堂上炫耀这个特权时，老师用一种骇人的严厉眼神看着我。无疑，床和阅读联系在一起对她来说有些不正常、不健康……

我在十八岁那年读了西蒙娜·德·波伏瓦的书。先是《一个规矩女孩的回忆》(*Mémoires d'une jeune fille rangée*)，这本书并没有特别打动我。它讲述的是一个在优越环境中度过的童年，与我的童年大相径庭，没有任何交集。之后是《第二性》(*Le deuxième sexe*)，这是一次真正的觉醒。但那时候，我并没有将自己所受的非典型教育与波伏瓦写的东西联系起来，也就是说，我抛开了自己所受的教育，而不是对其进行审视。我一头扎进了一个巨大的、到那时为止对我而言还是未知的领域，那就是女性的历史和女性的处境。直到 1970 年代，随着女性主义运动的兴起，我才真正意识到自己的成长经历是多么不传统，并因此对母亲心存感恩。

我认为我所接受的教育和《第二性》的双重影响，让我不受 1968 年后盛行的一种特指的女性文学的影响。我曾读到也听到过，要用你的身体，你女性的身体去写作。当我开始写作时，我并不觉得是在用我的皮肤、乳房和子宫去写作，而是在用我的头脑，用我的意识、记忆和抗争的文字去写作！是的，我从未这样想过：我是一个写作的女人。因为我不是一个写作的女人，我只是一个写作的人而已。但是我有一个女人的故事，它与男人的故事不同，在避孕和堕胎自由之前，是最糟糕的被生育裹挟的故事。女性对世界的日常体验与男性并不相同。事实上，女性的困难就在于让大众认可她描述自身女性经历的合法性，尽管我本人并没有受影响。何况那些得到认可、被教授的文学作品95%是由男性创作的，所推崇的典范也大多是男性，甚至在今天，与男性经历相关的写作题材，比如战争、游历等，仍受到极度重视，而那些女性特有的经历，比如生育，却向来鲜有关注。

我的书是根据我作为女性的经历写就的，《被冻住的女人》和《事件》，在它们出版伊始要么受到冷眼，要么反响平平。仿佛这些作品的写作风格、行文手法因其主题而变得不值一提了。仿佛它拉低了我的文学表达。

然而在我看来，写作手法的差异更多是由社会阶层决定的，而非性别。不论是男人还是女人，其写作手法都是由阶层出身决定的。出身普通阶层的人和出身上流阶层的人使用的写作手法是不同的。这无疑是写作最重要的底色。

1970年代的女权主义中有些让人非常不舒服的地方。一切似乎都表明，所有女性都面临着相同的处境，仿佛资产阶级出身的女性和工人、农民阶级出

身的女性之间没有区别。好吧，男性统治的确贯穿了
全社会、各种社会阶层。但确切地说，不同的社会阶
层受到男性统治的程度是不同的。我觉得在受过资产
阶级高等教育的女性中，比如我的婆婆，和我小时候
身边的女性之间横亘着一条鸿沟。她们没有相同的身
体，也没有相同的经历。这种不平等在我那段艰难痛
苦的堕胎经历中变得格外明显，那时的我没有钱也没
有关系，费尽周折地寻找堕胎途径，而与此同时，有
钱人家的姑娘却能顺利地去瑞士堕胎，在那里堕胎是
合法的。

您是如何有了写作的念头呢？

我当时十九岁，我的生活很糟糕。高中毕业后，
我进入师范学校的职业培训班学习。我不想再依靠父
母了。我非常渴望自由。我觉得西蒙娜·德·波伏瓦
或多或少促成了我的这种渴望，而成为一名教师似乎

是快速获得自由的途径。然而这是一个彻头彻尾的错误！我无法忍受师范学校的寄宿制和它的意识形态，我尤其后悔可能再也没有机会继续文学高等教育。我走得很突然，中途辍学，背弃了我对国家教育系统的承诺，当然，是在我母亲首肯之下。一个月后，我已经到了英国，在伦敦郊区芬奇利（Finchley）的一户人家做互惠生。我感到非常空虚，有一种深深的挫败感。早上我做家务活，下午则无所事事。我没有学习英语，而是花越来越多的时间只阅读当代法国文学作品。芬奇利的公共图书馆里有一个法语书籍区，"新小说派"的书很多，我当时对它还一无所知。我不记得自己确切是从何时起，又是如何萌生了写小说的念头。因为就像我说的那样，我当年写的日记已经不复存在了。只记得8月底的一个星期天，我在西芬奇利的一个公园里开始写作。10月，我回到法国，计划攻读文学学士学位，我终于知道自己应该做什么了。我要通过学习文学成为一名法语教师，但这不是我的首要目标。我要成为一名作家，"留在"文学领域。这两年时间里，我仍然渴望写作，但我必须先通过考试，拿到奖学金。为了取得文学"学位证"，我需要学习语法和语文学、外国文学和历史等繁重的课业。大学前两年写的一些小说的开头，已经无迹可寻。直到大学三年级，我才完成了一部小说，篇幅很短，文章重概念且晦涩难懂，可能在读者看来怪里怪气的。我把它寄给了瑟伊出版社的手稿部。我从未想过要去见一位作家，甚至从未想过要把我的小说寄给他。那是一个遥远的巴黎世界。瑟伊出版社的让·凯罗尔（Jean Cayrol）回复了我，他非常友善。他说，从整体上看，我的写作很有野心，但我还没有找到实现它的方法。我以自己当时的世界观为基础打造了我的文本结构。要知道，自我的现实性并不存在于意象之外，那些过去的意象，即童年的画面，人们对当下的印象，以及所有对未来的想象。最终，是《悠悠岁月》，还有那些照片所描绘的女孩的思想，将实现我

56

在第一个文本中未能企及的目标。

让·凯罗尔的拒稿并没有让我气馁。我真的下定决心重新开始。但就在那时，我作为女性的故事出现了，也是所有女性的故事。身为女人，我遇到了所有可能阻止我重新开始写作的障碍。当然你可以说，就像人们以前常说的，那是我的错。为什么，的确，为什么要做爱并弄大了肚子？不，这不是女性的错，只是社会的错，当时社会没有为女性提供任何解决方案，从而实际上阻碍了女性的自由。我直面了我从未想象过的"命运"，不想怀孕却怀上了。首先是堕胎，然后是"被迫"的闪婚，以及不想但最终接受了，甚至是快乐的分娩。我的文凭是在最糟糕的条件下取得的。我的教师职业生涯的开端也是如此，国家教育部门从未采取过措施改善教师的工作条件。我被安排到离家四十公里的地方工作，冬天上班路上会积雪。所有这些经历后来都被我写进了《被冻住的女人》。

我记得暑假期间儿子午睡的时候，我曾尝试写作，但总有种种干扰。此外，我也没有勇气把写作的欲望放在首位，因为这与家人对我的要求相比显得微不足道，而我认为自己无法回避这些要求：教育孩子、谋生……让丈夫一起分担家务是非分之想。这不被社会所接受，我甚至连想都不敢想。那是在1968年前夕，而这种传统秩序只是妇女史前史的冰山一角。

我想是一个突发的变故，父亲的离世，改变了我写作的欲望。我带着小儿子回伊沃托，准备陪父母待一周，结果第二天父亲就突发梗塞，三天后就去世了。时至今日，我仍觉得父亲的死就像是一场地震，一个转折。思绪翻滚。我明白了是什么让我和父亲渐行渐远，而这是无可挽回的。我意识到这是一场社会适应，就我的情况而言非常成功，因为我爷爷不识字，我父亲在农场干过活儿，后来当了工人，再后来成了咖啡店老板，而我却刚被录取为语文老师。我陷入了和父亲天人永隔的伤痛中，从此我再没有机会弥补。从那之后，我不再用前几年的方式写作了，我要写一些在当时我还不清楚是什么的东西。很久以后，社会学告诉我，我这种情况属于"阶级变节者"。我都不知道在 1960 年代末这个词是否已经存在。

当老师对我也产生了重要影响，并不是它赋予了我重新写作的欲望，而是唤醒了深埋在我心底的东西。在父亲死后的第一年，我负责给初一的孩子上所谓的"实践"课，为他们的职业技能考试做准备。我逐渐意识到，尽管一开始我并不想承认，但这些学生身上有我的影子，又或者说我身上有他们的影子。在我接受高等教育的这些年里，我忘了自己从小成长的阶级，忘却了自己少女时期十二岁、十五岁时的样子。转眼间，我和一群儿童和青少年相处，他们迫使我思考一些我以前从未问过自己的问题，在任何地方都不会问的问题。这些生活在主流文化之外的青少年，他们的父母不读书，也不带自己的孩子去剧院。我如何才能把我认为美好的事物传达给这些孩子，并让他们对此产生热爱？从这群青少年的行为举止和言语中，我敏锐地意识到他们所处的环境与受过教育的世界之间存在鸿沟，而我已然成了受过教育的世界的化身，也是帮助他们实现阶级跨越的"传送带"。而他们，他们还处在我出身的环境里。我扪心自问：我在这里教授的东西，最终对他们有什么影响？因为受到所处环境的局限，他们大多数人一眼便看到了自己的现在和未来。

轻飘飘地说一句"不是所有人都有同样的机会"，和在法语课堂上亲身见证完全不是一回事儿。我一直问自己，为什么会这样，又应该做些什么呢？

要把这些都写出来实在是太沉重，太困难了。我需要有大把的时间才行。而后，到了1970年代初，把这些都写出来成了我唯一要做的事情。我要说的就是《空衣橱》，这本书是回归本原，回到那些或许决定了我一生的事情。它们决定了我的世界观，也决定了我写作的内视角。我出生的这个世界与我通过学习而抵达的世界截然不同。我的祖父母都是农民，但要注意，他们是那种没有土地的佃农，他们耕种的是别人的土地。我父母，他们的家庭、顾客，以及我们周围的人都出身工人阶级。当然了，我父母他们自己也是工人，顶多算小商贩。他们说自己一直都活得忧心忡忡，一直都在害怕会"重新沦为工人"。但是事实上，他们的这种恐惧比这个还要严重，这是一种根深蒂固、发自内心的恐惧，是一种对自身局限性的坚信。我进入了另一个世界，在那里没有相同的社会风气、生活习惯和思维方式。这种震撼一直伴随着我。甚至是身体上的。有的时候我感觉自己……不，不是因为害羞或不自在。而是因为位置。仿佛我不在真正属于我的位置上，仿佛我人在那里，但心却无处安放。

　　大多数时候是在一些社交场合。在这些场合，我不得不和一些人打交道，而这些人他们本身就在某些程度上否定了我最初的那个世界，也就是被统治者的世界。他们不属于那个世界，就是这样。

　　有一个地方，在那里，上面提到的种种都不存在，那就是写作。是的，写作是一个地方，它是一个精神之地。虽然我不是一个写虚幻故事的作家，我写的是记忆与现实，但这对我也是一种逃离，让我"在别处"。一直以来，写作给我的印象就是沉浸。沉浸在一个并不属于我的现实之中。但是这样的现实却是由我创造的。我的经历是一种跨越的经历，一种和社会阶层分离的经历。这种分离在现实中存在，是空间的分离，教育体制的分离。有些孩子十六岁就辍学了，可他们才懂这么一点点东西，而另一些孩子呢，他们会继续学业直到二十五岁。社会阶层的区隔与我所经历的区隔之间有一个共同点，一种巧合，这使得写作让我感兴趣的，不是我自己的生活，而是去探究这种区隔产生的机制。

捞出河底的石头

您是在人生什么阶段写了《空衣橱》这本书呢？

那是一个内心十分惶惑的时期，生活也显得不真实。我取得现当代文学的教师资格已经有一年了。我当时一边教书，一边通过函授进修，终于拿到证书。我脑子里一直萦绕着一个念头，那就是把我童年世界和我现在所处世界之间的那种撕裂感写下来。我在一所偏远的中学当中规中矩的老师，教授法语和法国文学。那儿的学生多少有些不安分，不比巴黎名校的学生。再说说我和孩子的父亲，我们的婚姻生活变得越来越磨人。我开始写一篇关于马里沃[13]的博士论文，仅仅几个星期，我的兴致就消失殆尽，觉得这件事情并不是非做不可。这一切成了我沮丧失望的沃土。一方面是沮丧失望，但另一方面，在我父亲死后，我脑海里冒出了把自己的经历写出来的想法，用我在书中的话说，如果我在某处打开"我的装着脏衣服的行李箱"，那么，是的，我将得到拯救。这是一份关乎生命存续的事业。一开始，我不知道等待我的将会是什么，将会以什么样的方式到来，对此我一无所知。我只看得见一样东西，那便是我的小说模糊的轮廓。1972 年 10 月，到来的是一部充满暴力的小说。在六个月前，我开始用一种分析性的、有距离感的、"得体的"的方式写了几页书稿，但我没有找到继续写下去的冲动。当我从自己偷偷堕胎的经历出发，把这一事件作为小说的时间轴，从那之后，我找到了这种充满撕裂感的写作风格，这种写作手法支撑我，不停地支撑我，但我甚至难以估量它的暴力程度。我追求的是精准，是真实，让人们去感受、去理解，首先是小女孩和她周遭的环境是合拍的，之后是青少年时期的撕裂感，她为自己的家庭感到羞耻，她为摆脱出身所做的努力和最终被资产阶级出身的男孩抛弃。我没想出版这本书。当然，我知道自己在写书，但我想说的是，写作时我没有设任何防线，也没有想过审查。我脑子里只有一件事，那就是把稿子写完，然后再看怎么办。

让我牢牢坚持下去的动力是我写作的政治维度。回溯我童年时期的咖啡杂货店的小世界，同时这也意味着要描写平民阶层的文化，表明当人们受这种文化熏陶时，它并不是一种有教养的人用蔑视或居高临下的眼光去看待的东西。对我来说，最重要的是揭露一个人被改造成另一个人、被改造成自己所出身阶级的敌人的机制。这是对文化的质疑，质疑一种文化形式对个人的影响，这种个人与出身文化的分离。最后，我认为写作的暴力是讲述这些东西最好的方式。

在接下来的两本书《如他们所说的，或什么都不是》和《被冻住的女人》中，我继续使用这种写作手法，简言之，就是展示暴力。在《空衣橱》出版后，我便开始用同样的笔调写我父亲的故事。我感到有些不对劲。但是我不知道为什么会这样。我需要在我的记忆中进行一种社会—政治分析：我，一个工人父亲的女儿，成了一名语文老师，我要写关于他的故事，为大多数至少属于中产阶级的读者讲述一个人的一生并描述一种他们认为并不属于他们世界的文化。我意识到，在《空衣橱》中使用的暴力写作手法，这一次，不是用在"我"这个叙述者身上，而是用在"他"——我父亲身上，这会将他置于"被统治者"的位置，相对的是"高高在上"去写他的我，尤其还有读者。在某种程度上，《空衣橱》中嘲讽式的写作手法将我置于统治者的地位，拉大了我与父辈之间的距离。这一切看似很复杂，但就像有人心安理得地对保洁女工或"乡巴佬"发表尖刻或讽刺的看法，而他自己恰恰就是保洁女工或农民家庭出身，我们会对此感到不适是一样的。一种成为统治话语的同谋的不适感，而这种话语伤害到了自己的亲人。我不想在父亲真正遭受到的统治之外，再用写作加剧这种统治。有两种方式会加剧这种统治，一种是悲惨主义——只表现异化，让社会画卷变得更加黑暗；一种是民粹主义，表现工人阶级的伟大，这种赞美掩盖并消弭了经济与文化统治下的一切。我所能想到的避免这个双重陷阱的唯一方式，就是采用一种实事求是、"平铺直叙"的方式来写作，但我说的这种方式并不是指不做调查研究的报道，不，我指的是用陈述事实的方式来写作，仔细剔除价值判断使写作更贴近现实，并剔除我的情感。这意味着要深入我父亲的世界，用恰如其分的文字让人感受到这个世界的希望与局限，而这个世界同样也是我的世界，我再也不会弃它而去。因此，在《一个男人的位置》中，当然我正在谈论的就是这本书，不再会表达暴力，可以说它像情感一样，

"回归"原位了。

创作《一个男人的位置》这本书时，从我开始叙述我父亲之死的那一刻起，我感到我所写的文字必须尽可能地表达出我在他和家人身边一起生活时所感受到的那种迫不得已和处处受限。将他们表达自己的言论、也就是他们对世界的看法的句子直接融入书中，没有艺术效果，没有隐喻，也没有华丽辞藻……没有什么比这样做更能传达那种感觉了。至少，这就是我在创作《一个男人的位置》的推进过程中感到的"准确"。

我写作时只信赖这种感觉，我认为"就是这样"。如果感觉"不是这样"，我就无法继续。或许我陷入了一些与我自身无关的东西。一些偏离了我现实感受的东西。

在《一个男人的位置》和您之后的作品中，一个非常显著的特点是您总是从具体的东西出发。

二十年前，我或许无法解释为什么。但现在，我认识到这是由于我难以直接写出抽象的概念和没有具象的事物。我认为应该将抽象的概念具体化。我只写内化的视觉画面，也有现实的画面，它们引我走进思想的境界。观念，观念不是先导的，它是之后才产生的，源于那些对实实在在的事物的强烈的记忆。记忆是具体的。文字也是具体的。我必须先感觉到它们，就像摸到石头，有那么一刻，停滞在纸上无法动弹。只要我没有到这种状态，词句就会让我感到别扭，就是白费力气。当然，这都属于想象的领域，写作的想象。写作，在我看来就像把石头从河底捞上来。就是这样。

您经常从一张照片出发去写作，比如《悠悠岁月》。

照片起到的作用就是激发写作。照片是奇特的，展现着生命的过去/现在，哪怕他们已然消逝又或者不复当年。这种在场/缺席。此外，照片也是无声的。正是这些特点，让我想要将自己在一张照片前的感受，作为写作的出发点或支撑点。对我而言，照片就是真实。我知道有人会反驳，说照片可以伪造，如今人们能随心所欲地进行处理；又或者说照片本身已是对现实的一种诠释。但我所说的并非这类照片，我谈论的是家庭照，或是其他人物照。风景照我并不太感兴趣。促使我写作的是那些男男女女的照片。我自己并不怎么拍照，或者说很少拍。在我看来，这是一种束缚，会打断旅途中连续的感受；为了"回味"旅途时可能的欢愉而浪费当下的时光，却无法重新体验最初的乐趣。只有记忆和文字才能让一切重现。我喜欢看老照片，它们背后有某种时序，或许是死亡的时序？

摄影在我看来更接近死而非生；或者说是向死

而生，为消逝留影写照。照片只不过是停止的时间罢了。但照片无法挽回过去。因为它是沉默的，我认为这种无声反倒加深了时光流逝的痛苦。而文字可以挽回，电影也可以。或许绘画也可以？我不知道。但尤其是写作可以。

我们有一种印象，您写作是为了挽回。挽回某些时刻，挽回……比如，当您写您母亲时，就好像您让她重生了一般。

当我写我母亲时，我感受到了写作的这种不可思议的可能性，与其说是文字让她重生，倒不如说是在挽回。在她生病期间，我一直坚持写日记，写我到医院探望她的日记。但这更是我的一种应对方式，一种应对她的阿尔茨海默病的方式。她走得太突然了。于是我感到了一种近乎疯狂的写她的欲望，一种想将她写下来以挽回她的一部分的欲望。挽回她的人生，一个女人的人生。挽回她得病前的岁月，挽回一切。在那之前我从未感受到、更从未如此清晰地感受到我在写作时所做的一切就是在挽回。在《外部日记》中挽回当下。在《悠悠岁月》中挽回我们，我们这些芸芸众生所经历的一切，当然，并不是所有人都用同样的方式。我相信我所经历的事情在别人身上也曾发生过。是阅读让我产生了这样的想法，因为我在文学作品中找到了自己的影子。比如普鲁斯特、乔治·佩雷克的作品。它们让我不由自主地、下意识地说："我也是。"于是文学之光照亮了我的灵魂。这就是普鲁斯特所说的"得见天日的生活"[14]。当我在二十五岁读到佩雷克的《物》（*Les choses*）时，书中关于一对年轻伴侣无节制消费的描写震撼了我。如果人们写下发生在自己身上的事情，写下自己所经历之事，那同样也会为别人挽回某些东西。

在《一个女人的故事》这本书中，我并不认为我只是在写我母亲，而是在写一个时代中一个女人操劳的一生。但我在写作之初却从未想过要去挽回什么东西，完全没有。这不是我关心的事情。写《悠悠岁月》的初衷是为了在历史上留下一个女人存在的痕迹，进而留下其他女性和男性的痕迹。我确实写的是自己的亲身经历，但是以一种远距离审视的方式、以世界的变迁为背景来记录的。我将自己的记忆和他人的记忆交织在一起。就像为了写《一个男人的位置》，我花了很多时间也斟酌了许久去寻找合适的写作形式。开篇时，我用第一人称"我"来叙述。大约写了二十多页后，我觉得应该去掉"我"，于是毅然决然地采用了"无人称自传"的写作方式，甚至在我描述自己的照片时亦如此。

写作并非易事。我总是害怕为了写作而写作，想要言说的东西消失在信手拈来的轻易之中。仅仅是再多写一本书，这并不会让我感兴趣。如果是这样最好停笔。安德烈·布勒东以他一贯夸张的口吻说过："如果你无话可说，我希望你保持沉默！"我也这样认为。应该把写一本书当作一个事件，要有始有终。我希望我能真正做出什么东西。这种想法与我的童年经历有密切关系。过去我认为脑力劳动说到底算不上劳作。在我的父母看来，我不在劳作，我在学习，这两者是完全不同的。劳作，是用自己的双手去劳动。我身边的所有人都是用他们的双手去劳动的。这就是为什么在我印象中，只有前期大量地付出才能有一本书的问世。

但这也是一种想要留下某种痕迹的需要？

写作不是为了留名，不是为了个人的名声。写作为的是留下一种目光，看世界的目光。我非常清楚现在很多人写作是为了写下他们的生活，自然就不会考虑到艺术性。在这个充满变化和不确定的世界，由于自我的消散同样还有集体记忆的淡去，每个人都渴望在世界上留下自己的痕迹。我们想要见证，见证自己在地球上走过的路。因为仅有生物意义上的传承是不够的。我们希望将思想、意象，甚至是一些微不足道的东西都传承下去，原因很简单，因为这一切都发生过。我也有这种需求。但是我也不会忘记知识的传承。写作，真正的写作，目的就在于知识。

但我说的这种知识不是关于社会科学的知识，也不是哲学、历史或者精神分析的，而是另一种通过情感和人的主观性传达的知识。这取决于我们过去所说的"风格"，如今我们不敢再这么说了。"风格"是什么？这是一种从内心深处发出的难以言说的声音与语言，或是与语言的其他形式达到的和谐统一。是成功地将这种由童年、由人生经历形成的声音诉诸笔端。

解释起来不太容易，但当你写作时你就能够感受到这点。我们感觉自己并不是在做心理学、社会学或精神分析。尽管，有时我们会需要借助科学知识。比如，我从布尔迪厄的社会学中获益良多，但我并不是"做"社会学的。

实事求是

您能谈谈，对您而言，"精准"这个概念，还有和写作相关的危险吗？

对我来说，在我写作的时候，精准的感觉显然是一定要有的。当我们爱上一个人，就会充满激情，不会问自己问题，会义无反顾。我们很肯定。肯定有什么已然降临。写作也是这样。我不会说这种显而易见、确定无疑的感觉在我写作全书的过程中一直都有，有时候也会犹豫，会质疑，但在开始写的时候，我必须有这种感觉。然后就没有什么东西能阻挡我了。哪怕是危险的感觉。因为危险的感觉恰恰是一个迹象，有必要写这本书的迹象。我几乎写每一本书的时候心里都有这种感觉，同样，它也不会持久，它会随着写作的推进逐渐消散。但在我开始写的时候，我也需要这种感觉。我要写的这本书必须在我的人生经历上打一个洞，以便去触摸，去挖掘，去品味。

危险，我常常无法清晰地界定它。当年我在写《被冻住的女人》时，我没想到这本小说会导致我们夫妻感情破裂。但无意中我在写的时候或许是希望可以给我自己的生活带来变化的。相反，我意识到了另一种危险，它是促使我写作的强大动力，那就是我的书不符合妇女解放运动的路线，更不符合女性报纸的路线，"不好读"，也不被接受。而且后来事实证明如此。对有些女性而言，我的话语不够激进，而对另一些女性而言，我的文字又过于激进了。我并没有遵循女性应该采用的那种主流叙事，而在追寻我作为女性的人生经历和现实生活。

对于《羞耻》这本书，我犹疑了很多年，一直不敢写这本书，把我父亲将我母亲拖到地下室想要杀死她的这个举动说出来。对我而言，动笔写下这个情节本身就是一种危险，仿佛我一旦写下这个情节，之后我就再也无法写作了，就会因为犯了忌讳而受到惩罚。细想一下，似乎我每本书的缘起都能找到一些让人感到危险的东西。这肯定和一些隐晦的事情有关，我不知道。

危险其实并不只源自内容，也在于形式。比如《悠悠岁月》，危险在于人物的缺席，小说线索的缺失。因为大家都知道1945年到2007年间的历史，所以大家对于书里的事件并不好奇。在接受这种无人称的结构、让我下定决心之前，我曾很长时间都带着一种恐惧的目光去看待它。在书出版时，老实说，我还是感觉它是让人读不下去的，但是我依旧很高兴自己用这种形式把这本书写出来了。

在我人生的某段时间，写作对我只是一个动作，是对文字删删减减、不断润色的一个过程。写作是一把刀。我现在不怎么用这个意象了，或许是因为它现在已经是我和弗雷德里克-伊夫·热奈（Frédéric-Yves Jeannet）访谈录的书名。意象本身也会用旧。但总要撕破表面的伪装，让人看到现实的真相。在写作中，有些比喻永远不会出现在我的脑海，我也永远不会采用一种轻率的方式凌驾于事物之上，我做不到。我需要实事求是地写作。

是这一点让您的书具有政治性吗？

我不相信一本书能一下子改变社会秩序，也不相信它能立刻引发思维方式的转变。但是，写作能让人更深刻地认识世界的真相，也可能不会。但我不确定我们可以选择写作的领域。我认为我们在一开始就为自己的写作赋予了意义。二十二岁那年，我在日记中写下"我写作是为我的种族复仇"，我本来想说"我出身的社会阶层"，但可能是因为兰波[15]曾高呼"我向来属于低劣种族"，受他影响，我也用了"种族"这个词，也因为我觉得"种族"一词比"阶级"更能凸显我身处一个被统治的世界。尽管那时我写的文字，我给瑟伊出版社寄去的文字还不具有明显的政治性。

十年后，《空衣橱》是一本政治意识很强的书。我写这本书是为了反抗，反抗文化统治，反抗经济统治，反抗对女性的统治，这种统治导致 1972 年女性还不得不偷偷摸摸堕胎的局面。我在写作中使用了通俗词汇和诺曼底方言，句法也被打乱了，以此反抗我所教授的正统语言。《空衣橱》在某种程度上是全方位的"反抗"。然而还有另一种写作方式，同样也是"反抗"，那就是直白地去展示，仿佛真相自己揭开了面纱，《一个男人的位置》就采取了这种写作方式。它让写作变得透明，读者不会被叙事者的情感所干扰，叙事者和他所讲述的事物之间也不会有隔阂。也许这是一种比用激烈暴力的言辞更有效的写作手法，但我必须以《空衣橱》的暴力写作作为起点。

事实上，在您所有书中，您总是和主流世界观背道而驰。

更确切地说，我觉得这是写作之于我的意义，是深入社会现实、女性现实和历史现实，是通过我的个人经历深入我们的集体经历。现实蕴藏奥秘，需要我们不断探究。我们可以为了生活而生活，期望幸福、追求幸福。但对有些人来说，他们正经历的或曾经历的、他们的所见所闻都还是未解之谜。没有什么是不言自明的。总之，你必须努力去理解、去了解经历所赋予你的东西。这就是写作——旨在认知且处处显露出对真实和现实的认知。

而在曾经的经历中，想象发挥着巨大作用。我曾耽于某种激情长达一年多之久，我自问以何种想象模式体验这种激情，像伊迪丝·琵雅芙[16]的歌？像悲剧《费德尔》[17]？还是像情感小说？但要把它写出来就完全是另一回事儿了。写作是一种纯粹的描述，非如此不可，可能是反所有模式的。"写作是一把刀"这种说法用在这里就尤为恰当，因为我只想描述一段激情的现象、行为、姿态，以及一切看似微小、实则不然的东西。不过，这本书会不会在某种程度上也成为他人感受激情的一种方式……

所以在某种程度上，您认同普鲁斯特的观点？

是的。普鲁斯特曾说："真正的生活，最终得以揭露和见天日的生活，从而是唯一真正经历的生活，这也就是文学"。在我看来，这是显而易见的。**得以揭露和见天日**的生活，这些词很重要，但我们在引用这句话时往往会漏掉它们。文学不是生活，它是或者说应该是对混沌生活的阐释，使之变得清晰而深刻。

写作，是一种状态

《悠悠岁月》这本书您构思了很久，最终在人生的一个艰难时刻开始动笔。

我是在 1980 年代中期开始构思这本书的，那时我四十多岁了。我问自己，留在我身后，过往的生活是什么？我猛的吃了一惊：现在的世界与我儿时的世界已经没有任何共同之处了。我小时候是 1950 年代，是一个没有舒适的家居环境、没有电视、社会道德严苛、没有避孕措施的世界。我也深感时光飞逝，我似乎刚看到儿子们进小学，转眼他们已经上了大学，或即将进入大学。这个问题只有通过写作才能找到答案。我徘徊不前，我想不出别的词来形容，徘徊了很多年才找到书写这本书的形式。在此期间，我写了另外几本书，《羞耻》《事件》和《占据》。2002 年，我被诊断患了乳腺癌。突然之间，我好像对这本书的形式不再纠结了。我借助之前积累的所有笔记，全身心投入写作当中。就好像在那一刻，我才允许自己用一种非个人的、集体的形式写这本书。但同时，似乎我在这一宏大的任务面前还有些胆怯。之后我想到在文中描述自己的照片，但用"她"去指称，这样就可以把一个女人的身体、一个女人的故事引入文中，从而真实地展现岁月的流逝。这就是故事开始"发挥作用"的方式。我在这部作品完成的两年前，想到了《悠悠岁月》这个书名。好像也没有其他可能的标题。我在想，过去的二十多年里，我写作的主题一直绕不开时间。时间和记忆。越来越多。

更多的是回顾过去而不是展望未来吗？

过去和未来并不是对立的。也不是对过去的怀念。我所感兴趣的，是时间在某种程度上不断改变人们，改变他们的思想、信仰、品位，这使得谈论一种恒定的身份变得不可能。也许我们每个人身上都有某种抗拒的东西，但这一坚强的内核，没人知道它到底是什么。《悠悠岁月》就是基于这种洞察书写的，它不断变化，也不可能对世界只有一种单一的看法。在我的写作中，始终有一个潜在的未来的维度，关于未来可能的样子。但我从不确定未来会怎样。也从来没有这样的信息……

在《悠悠岁月》的结尾，您写道："挽回我们将永远不再存在的时代里的某些东西……"

挽回，是的，通过写作，但不是为了挽回我自己，不是为了挽回由一桩桩、一件件私事串联起来的我的生活。不能满足于此，同时，还应该挽回这个时代，我们曾驻足和我们正身处其中的世界。从最日常的一切开始，仅仅从在街上擦肩而过的行人，到最遥不可及的场景。挽回我们爱过的一切，一些歌，一些可能没什么价值但让我们记在心里的书籍。或许这里面有一个想要完成的宏愿，那就是详尽无遗地再现过去。把一切都写下来。这就是我二十岁时的感受：为一切发声。面对想要言说的一切，我感到无从下手。写作时要面对的，是一个令人生畏的全部。随着时间的推移，我们会逐渐意识到不可能说出一切，这时，选择就显得尤为重要，选择那些想要挽回的东西。在《悠悠岁月》的结尾，所看到的东西如碎片，像万花筒般呈现在我们眼前：亨利·韦纳伊[18]的电影《车灯》(*Des gens sans importance*)中，蓬图瓦兹养老院里一个每天都在大厅打电话却总是拨不通号码的老人，我个人或我的同时代人、我们所有人曾经见过的画面如潮涌来。我的同时代人，那些与我、与我们同时生活在这个时代的人，不管他们年龄多大。

要知道，哲学家克莱芒·罗塞[19]曾说过："不要审视自己的内心，你将一无所获。"当我写作时，我不觉得是在窥视自己的内心，而是在回望一段记忆。在这段记忆中，我看到人们，看到街道。我听到一些话，而这一切都在我之外。我只是一台摄影机。我只是在记录。写作就在于去寻找那些已经被记录下来的东西，并对其进行加工，再形成文字。但当书已写完，有时候我会想，这些文字究竟是怎么生成的？

一个可以被他人理解的文本？

一个从此可以独自存在的文本。一个与我素不相识的读者也能走进的文本。走进一本书的想法无非老生常谈。打开一本书，其实就像推开一扇门，置身在一个对读者而言会发生点什么的地方。这就是我对阅读的理解，如果看书的时候对我而言什么也没发生，我很快就会忘记那个书最终没有带我去到的地方。

但我想说的是，我无法确切知道自己是如何完成一个文本的。一开始，我写书有一个感知，一个愿景，写作就是去完成它，实现它，我很少回头看已经写好的文字。我朝着这个愿景前进，但我并没有离它更近，也没能实现它。它总是在我前面。只是，到某一时刻，书写完了，再没什么可补充的了。每次成功写完一本书我都感觉是个奇迹。

日记则不同。写日记只是在记录生活。不存在构思的问题。而构思恰恰体现了大作家的独特，普鲁斯特自不待言，还有福楼拜及其小说的精妙架构。构思，这是和现实世界竞争，创造出另一种时光，和过去的时光不同。写作就是在创造另一种时光，一个读者将进入的时空。这一过程悄无声息地发生了。想到这儿，我们不禁会感慨太奇妙了。当然，这也同样适用于其他艺术。

对您而言，生活中可以没有写作吗？

头脑中没有写作计划的时候，我无法真正地生活。当计划过于模糊的时候也是如此。这可以说是生活的探索阶段，但这不是真正的生活。只有当我沉浸在写一本书中，并知道我总会把它写完时，这才叫真正的生活。这时我才切实感觉到自己活着，好好地活着。对我而言，好好生活就意味着脑海中一直有书。世上一切都与它有关。写书和真实世界之间是一种持续的关系。说到底，这两者之间存在的一切，对我来说似乎都是对写作的期待。

像《悠悠岁月》这本书，在创作的数年间它完全占据了我的脑海。我那时就是文字的俘虏，但我丝毫没有感到力不从心。相反，文本对我的裹挟给予了我强大的力量。我就在我该在的地方。只要书还没写完，就总有什么需要修改和增补，以期达到一种尽善尽美。至臻完美是一种责任。这种责任从何而来？我不得而知。

有时我会对自己说，在我将死之时，我或许会觉得自己因为写作而错过了生命中的一切。写作这件事，在我的生命中太过重要了，以至于我无法满足于一些简单的欲求。我不知道这是否存在，简单的欲求，但或许我本可以做一些我没有做过的事情。比如社交，或和他人一起生活，我寻求的一直是一种离群索居。我不确定。

那么，对您而言，写作是最大的幸福还是最大的痛苦？

我认为写作不能被定义为幸福或是痛苦。或许可以换一种说法，用绝望或满足来定义。当我写完一个文本，我告诉自己：终于完成了一件好事。我会用这种寻常的语句表达其最强烈的含义，抒发我真实的成就感。一项轮廓模糊不清的任务在我面前，只要我走向它，并将它一把抱住，它就完成了。而当一件具体事物摆在那儿，比如一个文本，它能否存活取决于读者，取决于阅读。写作和精神分析之间最大的区别——我故意强调这一点是因为经常有人问我："你所做的这些，难道不就是一种精神分析吗？"——就在于：写作是一项实实在在的工作，是要去建构一个客体，而不是解放被压抑的话语。七年的精神分析，它最终让你得到了什么？又让你实现了什么？你或许好一些了，甚至已经变得很好了，你理解了一大堆与你有关的事情，你可以吹着口哨上街。你发现你的苦恼源于这个或那个原因。这只是你自己的问题。但如果我们把七年时间花在写一本书上，并且最终完成了它，那么有些东西就真正独立于我们而存在于世了。对我来说，写书就像盖房子，盖出一个可以让人进入的地方。走进那里，就像走进自己的生活。

　　一个人接受过精神分析并向我解释发生在他身上的事情，我可以理解，它可以被分享，但方式和一个文本、一本书不同。而成就就在于此，即分享的可能。写作有时是最痛苦的，但也是自由的，不论是写还是不写某些事情。即使我承认在写作中有时会有类似精神分析的探索，我仍然不理解为什么有人会混淆这两种做法。在写作中我热爱的是行动。写作对我来说并不是一种忏悔，它与忏悔毫不相干。不是忏悔，也不是悔悟，而是建构，是创造。

我时常感觉自己的生活有两面。一面是日常生活，由各种家庭的、社会的、长期的职业义务组成，因为我教书一直教到2000年，但我对这一面带着一种疏离感；另一面则是正在进行或准备进行的写作。如果日常生活对我要求太多，如果它要我去处理一些突发的状况——一些日常琐事，比如堵塞的水槽、烦琐的文件——或者履行作家身份带来的责任，比如签名，我感觉自己有抵触情绪。我对自己说，应该摆脱这一切，推掉所有这些所谓的社交应酬。但我并不总能做到，所以我会感觉不好，感觉自己处于一种无所适从的状态，既不在写作中，也不在那些要求我接受的事情中。我是以什么名义接受这些？也许是因为不想成为一个野蛮人，不要过野蛮的生活。我一直认为如果生活中只有写作那会导致疯狂。很容易就可以花一整天的时间在一个句子上，完全与世隔绝。这甚至对写作本身都不好。

最终，我认为不得不保留我的教师职业，和年轻人保持接触其实是一种幸运。拥有孩子也是如此。我曾经认为那些是阻碍，却让我获得了对写作有益的现实经验，并且或许让我一直受益良多。但日常里，生活和写作之间始终存在冲突。

在写作之前，我喜欢做点家务，或者写一封我觉得很紧急的信，但我所做的一切完全都是刻意的。我擦拭餐具，整理衣物，查阅邮件，但这一切只是在拖延时间。我在生活，却没有活在当下的事情中。一旦我开始写作，时间，钟表上的时间，便不复存在。我从不看时间。我摘下手表，将它放在视线之外。这种状态，我一直觉得这才是唯一真实的。哪怕三个小时后我会非常不开心，觉得自己似乎没做什么事情。但重要的是我曾经沉浸其中。

我不喜欢谈论这些事情，因为这让我觉得非常私密。甚至可能会引起指责。这不是一种慷慨大方的态度，有点像社会性死亡……这是为了建造另一个世界而拒绝这个世界。

总的来说，作为一名作家，如您所说，是一种状态。您说即使您每天只写一个小时，您仍然是全天候的作家？

作家，我不知道这意味着什么。我也不把自己"看作"是一个作家。在平时，我宁可大家把我当一个人，一个没有特殊头衔的普通人来看。每当被认出是那个写过哪本哪本书的人，在超市或其他地方被人搭讪，我都感到很难为情和不安。然而写作，我知道，那是一种状态，一种特殊的精神状态，让我无法像从前那样思考。有时我问自己：我过去是怎样的？当我还没有这种责任、这种渴望的时候？这种状态又是什么时候出现的？我从二十岁开始就有了这种渴望。我曾试图扼杀它，我对自己说：我不想再写作了。就像我在写完《被冻住的女人》之后的感受。我完全停止去想写作这件事儿了。而这或许更糟。

年少时，我读普鲁斯特、卡夫卡、弗吉尼亚·伍尔夫，他们为写作所承受的痛苦，在写作中遇到的问题我都不感兴趣。对我而言，重要的只有文本本身，而不是它是如何写就的。只有当我自己开始写作时，才开始对作家日记和他们对写作的思考感兴趣。我一直认为，了解写作对作家日常生活的种种束缚，以及它所引发的所有问题，对一个读者而言并没有什么意思。写作是很私密的。我总是把我正在写的东西藏起来。我从来不给任何人看还没写完的手稿。曾经有一段时间，我在写完后，就会销毁草稿。我最早的三本书都是这种情况，《一个男人的位置》我只保留了初稿，其他都没有留。在使用打字机的年代，只有最终的定稿才重要。我销毁了所有推敲修改的痕迹，所有的辛劳。现在我会保留手稿，但我仍然不喜欢展示写作的阵痛，或许是因为这其中有些不得体的东西？能够写作并得到出版，可以把生活、把一生的经历升华为文字已是莫大的幸事。声称写作这种自找的痛苦与许多人不得不承受的痛苦性质相通且同等重要是一种傲慢。与这些痛苦相比，写作的痛苦微不足道。总的来说，知识分子得以远离肉体劳碌，不知劳形之苦，本已是莫大的幸运。

但是，对于这种幸运，我们感觉您似乎有一种带着犹太-基督教色彩的负罪感？

或许您从我刚才说的话里读出了某种犹太-基督

教的负罪感。实际上，如果我承认有负罪感，那也是因为没有去写我感觉我应该写的东西。我长期对没有直面去描写我感受到的社会撕裂，我的父亲、我的堕胎，以及一个女人在二十世纪后半叶的岁月中的经历而不安。是的，在写作之前我有负罪感。但之后，在写完《空衣橱》《一个男人的位置》《事件》等书之后，我更多感到的是我的幸运，成功创作出这些作品的幸运。

但如何能确定这其中没有犹太-基督教的影子呢？我认为，二十五岁之前所经历的一切都会留下不可磨灭的印记。天主教是我年轻时的生活环境，我在十八岁之前一直接受宗教教育，我母亲更是个虔诚的教徒。她不只是每天早上去做弥撒，对贫困者、弱势群体也都十分慷慨。她不吝付出，乐善好施。

从某种程度上来说，您也是这样吗？在您写书的时候？

　　我确实认为写作就类似一种给予行为。但我们并不知道自己能给予什么，我们不知道。读者能从中得到什么。当然，我们给予的，读者也可以拒绝接受。

时间的流逝

安妮，在《悠悠岁月》这本书中，您将一名女性的私密生活、您的生活、时代，以及战后变迁这些元素都很好地融合在一起。

大约在四十岁左右，当我回想自己的一生时，我惊讶地发现，从战后到 1980 年代，世界和法国发生了翻天覆地的变化，尤其是对女性而言。我要写的这本书就是关于这一点，关于时间的流逝，关于我自己和外面的世界。最开始的时候，书中涉及的时间是三十五年，但随着我写作时间的延长，书中描写的时间也越来越长。当我真正动笔写的时候，五十多年的法国生活等着我去书写。而且是用我对时间的记忆，而不是以自我为中心的记忆去书写。因为我们不会仅仅只记得自己。我们是在特定的情境、特定的环境中记住自己的。我们会记得自己与一些人、一些歌、一些物品一起在特定场景里，这些都记录了时间的流逝。我想，如果不同时挽回从战后我有意识的那一刻开始直到现在所发生的一切，我就无法挽回我生命中的某些东西——当然不可能挽回所有一切。那个现在最终定格在 2007 年，我写完这本书的那一年。

去探究对我们这一代人来说过去五十年间世界发生了怎样非同寻常的变化，这才是真正的挑战。1950 年代初，生活方式与我父母甚至祖父母辈的没什么不同。在某种程度上，那时的我们还过着和战前一样的生活。如果我们从城市以及房屋内部进行比较，1950 年和 2000 年之间的差异肯定大于 1850 年和 1950 年之间的差异。变化不仅体现在事物上，还体现在我们的思维方式和语言上。甚至我们对未来的憧憬也发生了变化。

从历史的角度来看，我只是将自己摆在一个被历史潮流所裹挟的普通人的视角，对历史事件可能会有的记忆。而绝非历史学家对戴高乐、密特朗，抑或1968年五月风暴的记忆。我要做的是，在个人记忆中重现集体记忆。描写历史进程在我们身上留下的痕迹。这种进程永远不会停止。2007年，当我写完这本书的时候，我意识到我仅仅是中断了写作的过程，而这个世界仍在运转。因此，从这本书里走出来的时候，我有点伤感。我不打算给这本书写续篇。一本书是一个封闭的整体，没有后续之说。

在《悠悠岁月》中，个体——"她""我们"——与社会不断地彼此交融。我可以肯定的一点是，我们并不是或多或少通过语言与他人交流的孤立个体。他人往往以这样或那样的方式存在于我们身上。比如教育的传承，抑或流行于某个时代、在我们身上留下印记的所有一切，不管我们处在什么年龄。在我十岁的时候，他人所经历的过去——尤其是 1939 年至 1945 年间的第二次世界大战——都通过别人的叙述，以及我自己目睹过的轰炸和废墟的图片深深刻入了我的脑海。二十世纪初人们的生活、人民阵线，这一切我都没有亲眼见过，但关于这些事情的叙述让我对那个时代形成了一种想象中的记忆。那是一段被感知的时光，是 1950 年代到 2000 年的世界留在一个女人记忆中的印象，《悠悠岁月》就取材于此。因为无论是时间还是记忆都不会停滞不前，所以它采用了一种连贯的、流动的叙述。于我而言，重要的是传达这种流动性，它始于 1950 年代，那时一切都很慢，人们习惯沉默，轿车、电视也很罕见。这种流动无间断地延伸至今——因为它不存在完全的中断，即使在 1968 年也是如此——一直延伸到我们所处的这个时代，这个消费与富足的时代。虽然并非所有人都能从中获益，但它仍是我们生活的背景。

在我看来，同样重要的是把握住未来的变化，把握住我们对未来的总体期望。在 1950 年代和 1960 年代，年轻人是未来的化身，他们的存在本身就是未来的形象。但年轻一代所代表的炽热、好奇乃至希望逐渐消散。取而代之的是一种普遍的衰老、谨小慎微，甚至是一种非常强烈的、与日俱增的对他者的恐惧。害怕陌生人。历史书、电视上的文献纪录片与对近十年时光的描绘，这其中所呈现的时间并非个体的历史。完全不是。人们总是或多或少地与时代有些脱节，我也想展示这一点，即我们如何能在完全融入当下社会的同时以不同于主流观点的方式进行思考。没有形容词去修饰《岁月》[20] 意味着人们不能定义这段过去的岁月，同时它也是无法被定义的。只有在岁月中不断向前、不断被覆盖的存在。那些属于我的时光，属于其他人的时光。

我想写的不是一本历史书，甚至不是一部回忆录，我想做的就是原原本本地还原过去，还原出它还是"此刻"的样子，换句话说，只是一种感受。是人们在五月风暴的前一个月所感觉到的。显然，当时人们什么都没察觉。而这种毫无察觉本身就很重要。正是带着对接踵而至的"此刻"的感受的记忆，我才写出了《悠悠岁月》。说实话，这本书完全是凭着对各种感受的记忆写就的。

阅读《悠悠岁月》时，我们意识到生活方式的改变如此之快，从过去的匮乏到今天的过剩。

1960年代之前，人们生活在一个一切都相对匮乏的世界。什么都短缺，食物、衣服、各种物品。什么都舍不得扔，无论是面包还是破了洞的袜子，长筒袜缝缝补补后继续穿。什么都"有用"。生活方式和道德风尚的选择也很少。我感到我的童年是在一个狭小的世界里度过的。语言也不丰富，只有宗教用语、学校用语和广播用语。从1970年代起，一切都爆发式增长，我们进入了一个杂乱过剩的世界，也就是说，我们难以理解变化的事物和行为。但我的写作计划并不是描绘一幅悲观的画卷，这种变迁并不令我难过，如果说有什么事情是我认为无法想象的，那就是回到过去。也许在《悠悠岁月》的结尾并没有预示美好的未来。但就算"美好的未来"这一说法，同样也是属于过去的。

要知道，我们的思考离不开话语。可我不喜欢今天我们用来思考世界的话语，那是消费主义的话语、自由主义的话语。同时也是排斥那些刚进入法国社会的新移民的话语，为了赶走他们。人们谈论新城，之后是街区，还有一些敏感区域。这些都是为了产生区别的话语。就在我们交谈的时候，我确实在担心，是的，担心社会整体心态的变化。好吧，我要说出这个词，一个我一直回避的词，特性，我担心它渗透到意识中，渗透到语言中，担心出现一种倒退。法兰西特性。我不知道它意味着什么，特性。当然，我们使用法语，我们也拥有法国记忆，因为我们每个人都经历过同样的事情，但不包括法兰西特性。

毫无疑问，过去的二十年里，社会不公加剧了、生活方式的差距拉大了、年轻人的期待也越来越不一样。年轻人是在第三个千年开局之际最大的受害者。他们自己并没有充分认识到这一点。人们只谈论老年人。衰老是人生的最后一个阶段，但人生最初的阶段呢？难道不是至关重要的吗？教育，学习，有机会步入社会、找到一份不仅仅能谋生（但甚至这个也不能得到保障）的工作，所有这些才是问题所在。对年轻人寄望不多，他们自己也不抱什么希望。1968年后，在整个1970年代，年轻人让人害怕，让戴高乐政府害怕，也让这段内忧外患时期的内政部长马塞林[21]害怕。但至少这证明年轻一代是存在的。而现在，似乎年轻一代在某种程度上不存在了。这个社会没有它的位置了。

如今，中学的首要任务是安全。维护权威、发扬传统、追求卓越，仿佛只有那小部分在市中心上学的年轻人才是成功教育的标杆。工人阶级的孩子逐渐被淘汰出教育系统，这种现象从未停止，然而除了对此感到惋惜之外，从未有人想过改变这个局面。

去年，我到塞尔吉中学给经济和社会科学的高二学生上课，那是一个混合班，学生们来自不同的民族。那儿的年轻人对学习的渴望和热爱令我动容。他们提了一些很中肯的问题，然后写出一些当下非常有趣的"见闻"。这些高二的学生和曾经的我一样，都是社会阶级的"变节者"，但是他们今后的旅程会比我更艰辛。他们会获得高中毕业文凭，或许还会继续学习深造，但最后他们会从事什么样的工作呢？社会对这些移民出身的年轻人有着不明说却真实存在的歧视。在1950年代和1960年代，如果你是农民、工人或者小商贩的孩子，想要通过教育取得成功是非常困难的，对外来移民的孩子来说，更是难上加难。政府已经有很长一段时间不把教育当作重中之重了。

真正的归宿

听您说话，我不知道您对当今世界的看法是悲观的还是乐观的……

"乐观"和"悲观"这两个词都是问卷调查用语，在我的眼里，它们没有任何实际含义。唯一重要的问题是"我们要怎么办？"当然，我们可以听之任之，逆来顺受，或者享受这个世界，这都是唯美主义者的观点，享受只属于我们自己的小小的幸福，照顾好这世上属于我们自己的小角落，这就足够了。像这样，我们就能过得很好，或许吧，但是我不想这么活，也不想让我爱的人们这么活。更确切地说，我们要扪心自问：我们能改变什么？虽然我们很清楚，改变从来都不是从零开始，我们应当摈弃彻底决裂的想法。

那您觉得应当怎么做呢？

就我而言，除了写作之外，我确实想不到别的事情。我一直觉得，写作就是介入世事。但是要如何介入呢？肯定不是靠写一些激进的文章。在我看来，我必须从那些给我留下深刻印象的境遇出发，就比如说当我看到一把刀，不由自主我脑海中浮现的画面总是刺得更深，把伤口弄得更大。我一直反对将我的小说看作一种自我虚构，因为自我虚构这个概念本身就有一种自我封闭、与世隔绝的意味。我从不希望把这本书当作是个人的东西。我创作，不是因为我经历了某些事情，而是因为这些事情在他人身上也发生过，我的经历并非独一无二。在《羞耻》《一个男人的位置》《简单的激情》这些书中，我想要强调的不是这些经历的特殊性，而是它们无法言说的普遍性。当无法言说的东西变成文字，它便具有了政治性。当然，每个人都有自己的经历，谁都不会替你生活。但你不能把它写成仅仅是你自己的经历。那些经历必须是跨人称的，超越个体的，正是如此。只有这样你才能探索自我，用不同的方式生活，并为之感到高兴。文学能够给人带来快乐。

话说回来，我压根不知道我的书是怎么产生作用的。但是，如果没有这种想要我的书变得有用的念头的话，我就无法写作。

介入世界是为了改变世界，一旦带有这种目的，就和写作的对象与"主题"都没有什么关系——尽管它们也是介入的一部分，但毕竟选择写地铁上的乘客，还是写卢森堡公园的漫步者，这两者的意义还是不一样。这是写作要采用的形式问题。在开始写《空衣橱》的时候，我一下就明白了这个问题。写作必须传达出那种通过教育和羞耻施加在叙述者德尼丝身上的漫长又不可见的暴力。所以我们需要用语言的暴力来回应这种文化统治下的无声暴力。对那时的我来说，介入世界就是通过重新找回原始语言的力量和"粗俗"，来揭示社会阶级之间的鸿沟。

我花了更多时间来确定《一个男人的位置》的写作形式，这种对事物不加评论的描写方式，说到底，触及的是内在的暴力，而不再是《空衣橱》中展露在外的暴力，我认为通过只摆事实而不加评论的创作手法展现的这种内在的暴力更具有冲击力。当我写这本关于我父亲的书时，我重看了《大路》[22]，我最渴望达到的就是这种简洁的风格，一切情感尽在不言中。

正是写作的形式颠覆了一切，让我们用不同的方式去看事物。旧的、既定的形式已经无法再让我们以新的方式观察事物。1950 年代和 1960 年代，有一大批现实主义文学受到了共产主义的启发，一种毫无探索精神的文学，比如安德烈·斯蒂（André Stil），因此也注定不会产生什么影响。在《重现的时光》的结尾，普鲁斯特写道，就像埃尔斯蒂尔（Elstir）之于夏尔丹（Chardin），"我们只有放弃自己心爱之物，才能有朝一日重新拥有它"。我们必须用和我们所崇拜的作家不同的方式去写作。

显然，我们从自身发现写作的独特之处。在改变传统的同时，我们也脱胎于过去的文学。我知道我并没有和前人的文学完全割裂，这是不可能的。我是文学史的继承人。在 1960 年代我开始写作时，我就投入新小说的浪潮中。1970 年代，女权运动成为了一大推力，并激发人们书写自我，尽管当时我并没有真正参与其中。写作并非一种可以神奇地与其他事情截然分开的活动。写作的时候是完全孤独的状态，但它和时代、和其他写作者之间有着不可避免的联系。但是，当你写得越多，你就越不会受到其他作家写作的影响。

现在，我好像在挖同一个坑。我感觉我的书彼此是不同的，但又有什么东西将它们联系在一起。作为作者，我所处的位置未必最能看清到底是什么把它们联系在一起，我的书到底怎么样。甚至不方便去谈论它们！有一天，在布拉格，一次讲座结束时，我无意中听到邀请我的文化参赞的话。他说："她根本不知道如何谈论她自己的书。"或许他是对的，对我而言，谈论自己的书很难，尤其为了让它们被更多人接受。谈论写作对我意味着什么，这个话题或许我更擅长。因为，如果我被逼到无言以对，那毕竟是我感觉最能发挥自己所长的地方。写作，才是我真正的归宿。

译者注

1. 这是埃尔诺处女作《空衣橱》女主人公的名字。

2. 中译本书名为《另一个女孩》。

3. 埃克多·马洛（Hector Malot, 1830—1907）：法国小说家，代表作有《苦儿流浪记》《孤女寻亲记》等。

4. 《一生》（*Une vie*）首次发表于 1883 年，莫泊桑以朴实细腻的笔调，描写了一位出身破落贵族的纯洁天真、对生活充满美好憧憬的少女让娜步入人生旅程后，先后遭遇丈夫背叛、父母去世、独子离家出走等一系列变故，在失望中逐渐衰老的故事。

5. 《谢里宝贝》（*Chéri*）是科莱特（1873—1954）的代表作之一。小说讲述了富家青年谢里与中年贵妇蕾雅相爱，但他母亲为儿子找了一个年轻美貌、门当户对的女子，谢里屈从于母亲的安排，蕾雅黯然外出旅行。但谢里婚后对蕾雅念念不忘，得知蕾雅回家后，又情不自禁与蕾雅再续旧情。最终，他们还是不得不分手。

6. 贝尔特·贝尔纳热（Berthe Bernage, 1886—1972）：法国作家，以 1925 年开始出版的布丽吉特系列闻名，该系列讲述了布丽吉特·奥特维尔从少女到老年的一生。

7. 斯坦贝克（John Steinbeck, 1902—1968）：二十世纪美

国作家，代表作有《人鼠之间》《愤怒的葡萄》《月亮下去了》等，1962 年获诺贝尔文学奖。

8. 居斯塔夫·科恩（Gustave Cohen，1878—1958）：比利时中世纪法国文学和戏剧史学家。

9. "悲伤是幽暗、可恨的仆人，我们与之斗争，在悲伤的笼罩下，我们越来越堕落，残酷的仆人，不可替代，通过隐秘的手段把我们引向真理和死亡。"马塞尔·普鲁斯特：《重现的时光》。

10. 这两部都是莫泊桑的中短篇小说集。

11. 司汤达《红与黑》中的男主人公。

12. 福楼拜《情感教育》中的男主人公。

13. 马里沃（Pierre Carlet de Marivaux，1688—1763）：十八世纪法国古典剧作家，代表作有《爱情偶遇游戏》。

14. "la vie éclaircie" 出自法国小说家马塞尔·普鲁斯特的《追忆似水年华》。根据译林出版社出版七卷本《追忆似水年华》第七卷《重现的时光》，完整的原话是："真正的生活，最终得以揭露和见天日的生活，从而是唯一真正经历的生活，这也就是文学。

15. 兰波（Arthur Rimbaud，1854—1891）：十九世纪法国诗人，早期象征主义诗歌的代表人物，超现实主义诗歌的鼻祖。"我向来属于低劣种族"出自《地狱一季》的序诗。

16. 伊迪丝·琵雅芙（Édith Piaf，1915—1963）：法国知名女歌手，她的歌曲从某种程度上说是其悲剧一生的写照。代表歌曲有《玫瑰人生》《爱的礼赞》《我无怨无悔》等。

17. 《费德尔》（Phèdre）是法国十七世纪古典主义时期悲剧

大师让·拉辛的代表作。

18. 亨利·韦纳伊（Henri Verneuil，1920—2002）：生于土耳其，四岁时随家人定居法国，导演、编剧、演员、制作人，主要执导影片有《车灯》《奶牛与战俘》《神机妙算》《蛇》等。

19. 克莱芒·罗塞（Clément Rosset，1939—2018）：法国哲学家，著有《夜路》《现实：愚蠢论》《不可见》等。

20.《悠悠岁月》的法文书名是 *Les Années*（《岁月》）。

21. 马塞林（Raymond Marcellin，1914—2004）：1968 年五月风暴时的法国内政部长。

22.《大路》（*La strada*）是 1954 年由费德里科·费里尼导演的一部影片。

图书在版编目(CIP)数据

真正的归宿:与米歇尔·波尔特的对谈 / (法)安
妮·埃尔诺著;黄荭译. -- 上海 : 上海人民出版社,
2024. -- ISBN 978-7-208-18982-9

Ⅰ. I565.15

中国国家版本馆 CIP 数据核字第 20242JM743 号

责任编辑　赵　伟
封扉设计　e2 works

封面画作来自朱鑫意的"2020"系列作品

真正的归宿:与米歇尔·波尔特的对谈

[法]安妮·埃尔诺 著

黄　荭 译

出　　版　上海人民出版社
　　　　　 (201101　上海市闵行区号景路 159 弄 C 座)
发　　行　上海人民出版社发行中心
印　　刷　苏州工业园区美柯乐制版印务有限责任公司
开　　本　787×1092　1/32
印　　张　4.25
插　　页　6
字　　数　49,000
版　　次　2024 年 9 月第 1 版
印　　次　2024 年 9 月第 1 次印刷
ISBN 978 - 7 - 208 - 18982 - 9/I · 2156
定　　价　36.00 元

2022 年诺贝尔文学奖"安妮·埃尔诺作品集"

已出版

《一个男人的位置》

《一个女人的故事》

《一个女孩的记忆》

《年轻男人》

《占据》

《羞耻》

《简单的激情》

《写作是一把刀》

《相片之用》

《外面的生活》

《如他们所说的，或什么都不是》

《我走不出我的黑夜》

《看那些灯光，亲爱的》

《空衣橱》

《事件》

《迷失》

《外部日记》

《真正的归宿》

《被冻住的女人》

《一场对谈》